續脩臺灣府志卷之七

欽命巡視臺灣朝議大夫戶科給事中紀錄三次六十七　同脩

欽命巡視臺灣朝議大夫雲南道監察御史加一級紀錄三次范　咸

分巡臺灣道兼提督學政覺羅四明　續脩

臺灣府知府余文儀　續脩

典禮　慶賀　接詔　迎春　耕耤　祭社稷　救護　鄉飲酒　鄉約　祠祀

國家車書同軌禮樂昭明祀事備矣我
皇上建中立極震疊加以懷柔島嶼亦河嶽之餘也夫禮以定民志合道德風俗之同而敬寓焉非徒肅觀瞻也祀以事神致福有崇德報功之義而誠感焉非徒薦馨香也敬共執事其可忽諸志典禮

慶賀　舊遇行慶賀禮皆在郡學明倫堂康熙五十年臺廈道梁文瑄擇地於永康里建

萬壽亭前立午門旁列朝房亭後爲祠

聖殿五十六年臺廈道梁文科重脩環以牆東西闢門曰敷文振武六十年颶風圮雍正元年重建後置僧舍奉香燈有香燈田五十甲在彰化赤塗崎莊年收租粟一百石康熙五十五年諸羅令周鍾瑄置又園二十五甲在諸羅西港仔年納犁餉半張本前總鎮歐陽凱官莊雍正五年巡道吳昌祚仝總兵官林亮移置僧舍乾隆十七年臺灣道金溶知府陳玉友仍移郡學明倫堂行禮其香燈田二百七十石充書院膏火三十年知府蔣允焄更就校士院舊址改建

凡遇

萬壽聖節元旦冬至文武各官於前一日齋沐率所屬赴
明倫堂習儀至期四鼓穿朝服到明倫堂　龍亭前
文武分東西班行三跪九叩禮同知爲糾儀官至若

萬壽聖節前後三日文武各官俱穿朝服五鼓到　龍亭前坐班至期行慶賀禮

進表儀注

萬壽聖節元旦冬至每於二月前涓吉拜進賀表前一日本官結綵於門合屬皆齋沐本日清晨設龍亭於大堂正中設儀仗於露臺上東西設鼓樂於露臺南東西北向設表案於龍亭前設香案於表案前鼓初嚴率屬具朝服次嚴禮生引班首詣香案前捺印用印訖以表置於案鼓三嚴各官入班司班唱班齊司禮唱跪叩首行三跪九叩禮興平身樂止司禮引班首升自東階詣香案前唱跪壽唱衆官皆跪執事者以表跪授班首捧置綵亭中卽於露臺下跪送由海船賫送至福建總督衙門附進

表箋式 歷年加上徽號并一應慶賀表箋俱由內閣臨期撰擬不備載

皇上萬壽元旦冬至表式

福建某衙門某官某等誠懽誠忭稽首頓首上言

伏以

德統乾元首正六龍之位

建用皇極宏開五福之先

恭惟

皇帝陛下

率育蒼生

誕膺

景命

撫時出政八風順而嘉穀蕃昌

受籙敷猷萬國寧而俊民樂育太平有象

歷服無疆臣等恭遇

熙朝欣逢

聖誕或正旦或長至身羈職業心戀

闕廷伏願

玉燭長調慶雍熙於九牧

金甌永固登仁壽於萬年臣等無任瞻

天仰

聖踴躍懽忭之至謹奉

表稱

賀以

聞

接

詔

總督遣官賫送

詔書舟進鹿耳門隨傳報各文武官員具

龍亭綵輿儀仗鼓樂出西關外接官亭迎接捧

詔書置龍亭中南向文武官員具朝服北向跪迎鼓樂前

導至明倫堂文武各官分東西序立賫送官東立西

向禮生唱排班樂作行三跪九叩禮賫送官捧

詔授展讀官跪受誥開讀案前宣讀眾官跪聽讀畢展讀

官捧

詔授賫送官捧置龍亭中眾官行三跪九叩禮畢皆退將

詔交知府分送各縣衙門宣讀頒布

迎春

有司預期塑造春牛并芒神於東郊外春牛亭立春前一日府廳縣率屬俱穿蟒袍補服至春牛亭通贊導至拜位唱就位各官俱就拜位上香鞠躬拜興拜興初獻爵再獻爵三獻爵讀祝文讀畢通贊又贊兩拜禮畢簪花各官俱簪花上席酒三巡屬官先行長官次之春牛隨後迎至府廳縣頭門外土牛南向芒神西向乾隆十九年知縣章士鳳改祀先農神於萬壽宫移迎春於北郊二十三年知府覺羅四明諭令仍從大東門行禮

鞭春儀注

本日清晨備牲醴果品府廳縣率屬俱朝服通贊導至拜位唱就位鞠躬拜興拜興初獻爵再獻爵三獻爵讀祝文讀畢通贊又贊兩拜興導至土牛前各官執綵仗排立兩旁通贊贊長官擊鼓凡三擊遂搢鼓手自搢贊鞭春各官擊牛者三揖平身通贊導至芒神前揖平身禮畢

土牛芒神式

土牛胎骨用桑柘木身高四尺按四時長三尺六寸按三百六十日頭至尾長八尺按八節尾長一尺二寸按十二時鞭用柳枝長二尺四寸按二十四氣牛色以本年為法頭角耳用本年天干身用本年地支蹄尾肚用納音天干甲乙屬木色青地支亥子屬水色黑納音如甲子年立春納音屬金用白色餘倣此籠頭拘索以立春日日干為籠頭色拘用桑柘木索孟日用麻謂寅申巳亥仲日用苧謂子午卯酉季日用絲謂辰戌丑未造牛以冬至節後辰日於歲德方取水土甲年東方甲位乙年西方庚位丙年南方丙位丁年北方壬位戊年東南方戊位己年東方甲位庚年西方庚位辛年南方丙位壬年北方壬位癸年東南方戊位

芒神服色用立春日支辰受尅為衣色尅衣為繫腰色如立春子日屬水衣取土尅水用黃色繫腰取木尅土用青色餘日倣此頭髻用立春日納音為法金日平梳兩髻在耳前水日平梳兩髻在耳後火日平梳兩髻右髻在耳前左髻在耳後土日平梳兩髻在頂直上罨耳用立春時為法從卯至戌八時罨耳用手提陽時左手提陰時右手提從亥至寅四時罨耳或揭或掩寅時揭從左邊亥時揭從右邊子丑二時全戴蓋寅亥時為通氣故揭一邊子丑時為嚴凝故全戴鞋袴行纏以立春納音為法逢金木繫行纏鞋袴金行纏左闕懸在腰左木行纏右闕繫在腰右水日俱全火日俱無土日著袴無行纏鞋子老少以立春年為法寅申巳亥老子午卯酉壯辰戌丑未幼身高三尺六寸按一年三百六十日

耕耤照雍正五年頒行

耤田壇位

京師

先農壇高四尺二寸寬五丈臺灣壇制高二尺一寸寬二
丈五尺
先農牌位高二尺四寸寬六寸座高五寸寬九寸五分紅
牌金字填寫
先農之神壇後正房三間配房各一間正房中間供奉
先農神牌東間收貯祭器農具西間收貯耤田米穀配房
東間置辦祭品西間令看守農民居住壇廟耤田之
外間圍築土為牆開門南向

耕耤日期
每年十月初一日禮部頒時憲書預擇日期奏
聞行文各省督撫轉飭所屬同日一體遵行前期致齋二
日

祭品
帛一青色　羊一　豕一　鉶一　簠一　簋一　籩四
豆四

器具
農具赤色牛黑色耔種箱青色所盛耔種照本省土
宜擇勤謹農夫二名免其差役給以日糧令看守
壇宇灌溉耤田敬謹收貯所收米穀以供各該處祭祀
之粢盛

儀注
祭日巡臺滿漢御史總鎮巡道知府率所屬俱穿朝

服到壇通贊生導詣盥洗所盥手畢通贊唱執事者各司其事主祭官就位就位拜陪祭官各就位瘞毛血迎神通贊生導主祭官陞壇就位就神位前唱上香又上三塊香通贊唱跪行三叩禮興復位復位拜安神行三跪九叩禮興進帛進爵行初獻禮通贊唱詣酒尊所主祭官詣酒尊所通贊唱司尊者舉冪酌酒詣
先農神位前就位跪通贊唱陪祭官皆跪獻帛獻爵叩首興詣讀祝位跪讀祝文讀畢三叩首興復位行亞獻禮通贊唱詣酒尊所主祭官詣酒尊所通贊唱司尊者舉冪酌酒詣
先農神位前就位跪通贊唱陪祭官皆跪獻爵叩首興復

位行終獻禮儀同亞獻徹饌送神行三跪九叩禮興讀祝者捧祝司帛者捧帛通贊生導詣燎所焚祝帛復位

禮畢

午時行耕耤禮知府秉耒佐貳執青箱知縣播種外州縣正印官秉耒佐貳執青箱播種耕時耆老一人牽牛農夫二人扶犁九推九返農夫終畝耕畢各官率屬暨耆老農夫望
闕謝
恩行三跪九叩禮

祭社稷

凡府州縣皆有社稷壇春秋二祭俱用仲月上戊日

主祭官前三日齋戒將祭之前一日省牲治祭物潔籩豆掃除壇上下及設幕吹中門是夕獻官以下就幕次宿本日獻官以下俱夙興執事者陳設其壇坐南向北設社位於稷之東設稷位於社之西每位牟一用匣盛貯未啓蓋居左在籩之北豕一用匣盛貯未啓蓋居右在豆之北籩四盛棗栗形鹽藁魚居左在羊之南豆四盛韭菹醓醢鹿醢居右在豕之南簠二盛黍稷居籩之左簋二盛稻粱居豆之右鉶一盛和羹居中左籩豆之南帛一黑色長一丈八尺用筐裝貯未上別設一小案閣祝版香爐居壇正中獻官具祭服執事者捧祝版至幕次僉名僉畢捧置案上執事者取毛血盤置神位前牲案下實酒於尊加冪在壇下東北置水於盆加帨在壇下西北焚香燃燭明炬通贊唱執事

者各就位陪祭官各就位獻官就位引贊引獻官就拜位通贊唱瘞毛血執事者以毛血瘞於坎在西北隅啓牲匣蓋通贊唱迎神跪叩首叩首叩首興平身獻官以下俱一跪三叩興平身又唱奠帛行初獻禮司帛者捧帛司爵者捧爵各立以俟引贊贊詣盥洗所獻官詣盥洗所執事酌酒進巾獻官盥手贊詣酒尊所獻官詣酒尊所司尊者舉冪酌酒注酒於爵贊詣社神位前獻官陞自左階至神位前贊奠帛捧帛者自右進於獻官獻官受而舉之仍自左授於執爵者奠於神位前贊俯伏興平身獻官俯伏興平身贊詣稷神位前儀同前贊詣讀祝位獻官詣讀祝位贊跪獻官跪贊衆官皆跪贊讀祝讀祝者取祝跪讀於獻官之左讀畢通贊唱俯伏興平身獻官以下俱平身唱復位引贊引獻官降自右階復原位通贊唱行亞獻禮儀同初獻但不奠帛不讀祝通贊

唱行終獻禮儀同亞獻 通贊唱飲福受胙執事者設飲福位在壇中稍北 執事者先於社位前割取羊左脚置於盤及於酒尊所酌酒於爵同立於飲福位之右以俟引贊引獻官詣飲福位贊跪獻官跪 贊飲福酒一人自右跪進爵於獻官獻官飲畢 贊受胙一人自右跪進胙於獻官獻官受訖一人自左跪接捧由中門以退 贊俯伏興平身獻官俯伏興平身 通贊唱復位獻官降自右階復位 唱跪叩首叩首叩首興平身獻官以下俱一跪三叩興平身 通贊唱徹饌執事者各詣神位前稍移動籩豆 通贊唱送神唱跪叩首叩首叩首興平身獻官以下俱一跪三叩興平身 通贊唱讀祝者捧祝進帛者捧帛各詣瘞所獻官陪祭官離位分東西班立俟捧祝帛者由中道而過 通贊唱望瘞引贊贊詣望瘞位引獻官至望瘞位 執事者以帛焚於坎中焚畢以土實坎 通贊唱禮畢 祭風雲雷雨山川城隍壇儀注同

雍正十年覆准各省府州縣衛所其社稷壇暨風雲雷雨山川城隍壇俱依定例脩建如式一體遵行以崇報享乾隆三年議准直省府州縣社稷風雲雷雨山川等壇每逢祭祀凡省會之地督撫將軍都統副都統率領司道文武等官各按品級照例文員列東班武職列西班行禮布政司係地方正印官仍令主祭其府州縣地方如有提鎮道員亦令各按品級分東西兩班行禮府州縣係地方正印官仍令主祭祭祀前期仍令主祭之員於教職內派出監禮官二員佐貳雜職內派出監視官一員監宰官一員令其虔誠執事

陳設祭物圖見下

陳設祭物圖

西

爵

社神香爐帛爵羹

爵

棗　栗

鹽　藁魚　羊

黍　稷

稻　粱

韭菹　醓醢　豕　陪祭

菁菹　鹿醢

南　祝　獻官位　北

稷神香爐帛爵羹

爵

棗　栗　官位

鹽　藁魚　羊　陪祭

黍　稷

稻　粱

韭菹　醓醢　豕

菁菹　鹿醢

東

救護

凡日月薄蝕欽天監推算分秒及圓復時刻頒行到省轉行各府縣行救護禮護日前期結綵於大堂及儀門設香案於露臺上設金鼓於儀門內兩旁設樂人於露臺下設各官拜位於露臺上下俱向日傳集僧道至期陰陽官報日初食各官具朝服通贊唱排班班齊唱跪叩樂作各官行三跪九叩禮畢樂止班首官上香畢通贊唱跪各官俱跪班首官擊鼓三聲衆鼓齊鳴再上香樂作各官俱暫起立陰陽官報食甚食及所推分秒各官仍排班樂作行三跪九叩禮如前儀陰陽官報復圓鼓聲止通贊唱跪叩樂作各官又行

三跪九叩禮樂止禮畢月食救護儀同乾隆二十六年奉文初虧食甚復圓俱行一跪三叩禮

鄉飲酒

順治初令京府及直省府州縣每歲舉行鄉飲酒禮設賓僎介主酒席於存留錢糧內支辦

儀注

京府及直省府州縣每歲正月十五日十月初一日於儒學行鄉飲酒禮前一日執事者於儒學之講堂依圖陳設坐次司正率執事習禮至期黎明執事者宰牲具饌主席及僚屬司正先詣學遣人速賓僎以下比至執事者先報曰賓至主席率僚屬出迎于庠

門外入主居東賓居西三讓三揖而後升堂東西相向立贊兩拜賓坐執事又報曰僎至主席又率僚屬出迎揖讓升堂拜坐如前儀賓僎介至既就位執事者唱司正揚觶執事者引司正由西階升詣堂中北向立執事者唱賓僎以下皆立唱揖司正揖賓僎以下皆揖執事者以觶酌酒授司正司正舉酒曰恭惟

朝廷率由舊章敦崇禮教舉行鄉飲非爲飲食凡我長幼各相勸勉爲臣盡忠爲子盡孝長幼有序兄友弟恭內睦宗族外和鄉里無或廢墜以忝所生讀畢執事者唱司正飲酒飲畢以觶授執事執事者唱揖司正揖賓僎以下皆揖司正復位賓僎以下皆坐唱讀

律令執事者舉律令案於堂之中引禮引讀律令者詣案前北向立 唱 賓僎以下皆立行揖禮如前讀畢復位執事者 唱 供饌案執事者舉饌案至賓前次僎次介次主三賓以下各以次舉訖執事者 唱 獻賓主起席北面立執事者斟酒以授主主受爵詣賓前置於席稍退贊兩拜賓答拜訖執事者又斟酒以授主主受爵詣僎前置於席交拜如前儀畢主退復位執事者 唱 賓酬酒賓起僎從之執事者斟酒授賓賓受爵詣主前置於席稍退贊兩拜賓僎主交拜訖各就位坐執事者分左右立介三賓衆賓以下以次斟酒於席訖執事者 唱 飲酒或三行或五行供湯又 唱 斟酒飲酒供湯三品畢執事者 唱 徹饌候徹饌案訖 唱 賓僎以下皆行禮僎主僚屬居東賓介三賓衆賓居西贊兩拜訖 唱 送賓以次下堂分東西行仍三揖出庠門而退凡鄉飲酒禮高年有德者坐席居上餘以次序齒而列其有違犯科條者不許干良善之席違者罪以違制敢有喧嘩失禮者揚觶者以禮責之

主府知府州知州縣知縣如無正印官佐貳官代位於東南

大賓以致仕官爲之位於西北

僎賓擇鄉里年高有德之人位於東北

介以次長位於西南

三賓以賓之次者爲之位於賓主介僎之後除賓僎
外衆賓序齒列坐其僚屬則序爵
司正以教職爲之主揚觶以罰
贊禮者以老成生員爲之
鄉飲酒方位圖見下

鄉飲酒方位圖

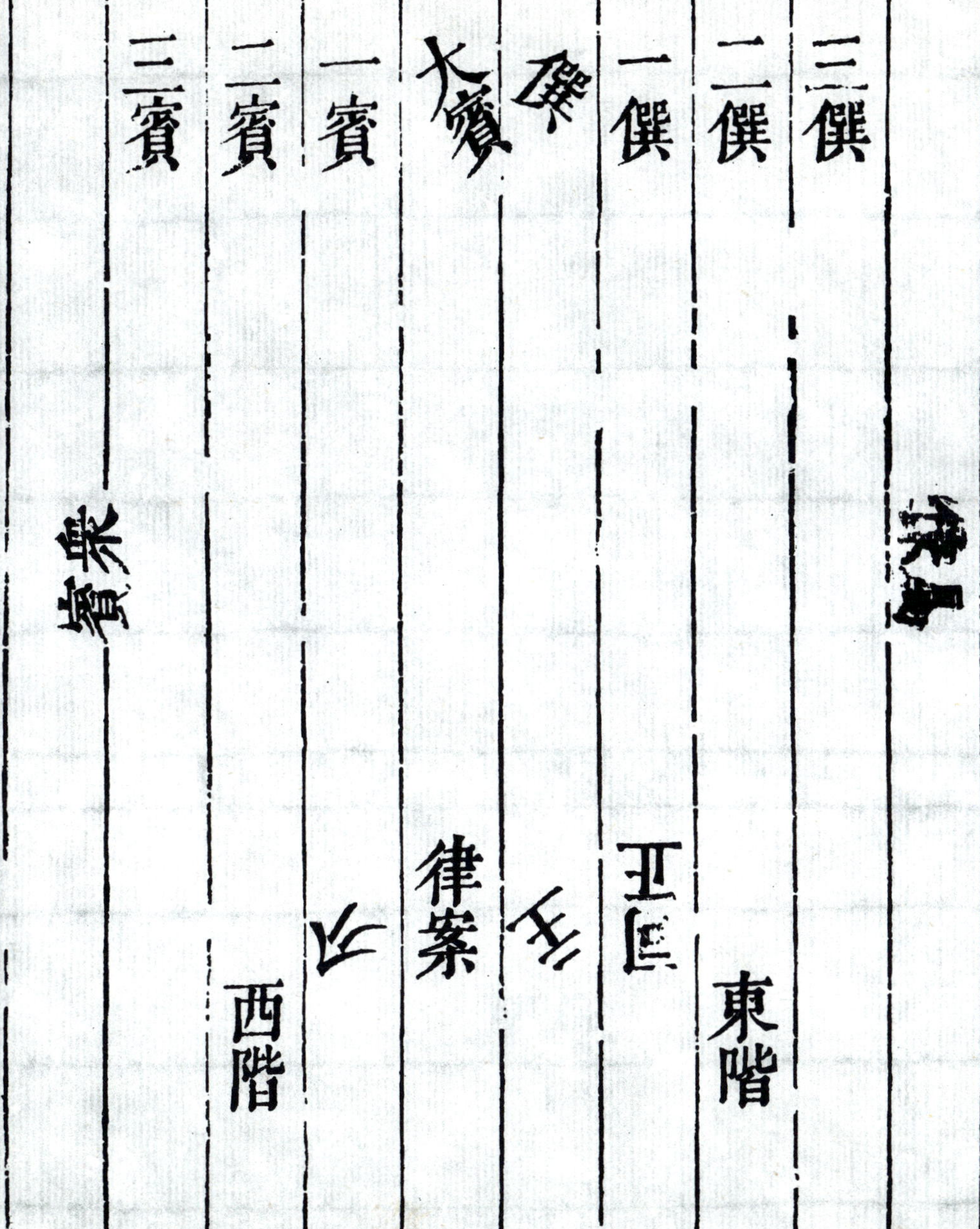

鄉約

順治九年

頒行六諭臥碑文於直隸各省十六年議准令直省府州縣皆舉行鄉約責成鄉約人等於每月朔望日聚集公所宣讀

康熙九年頒

上諭十六條一敦孝弟以重人倫一篤宗族以昭雍睦一和鄉黨以息爭訟一重農桑以足衣食一尚節儉以惜財用一隆學校以端士習一黜異端以崇正學一講律法以儆愚頑一明禮讓以厚風俗一務本業以定民志一訓子弟以禁非為一息誣告以全善良一誡匿逃以免株連一完錢糧以省催科一聯保甲以弭盜賊一解讎忿以重身命

康熙二十五年覆准

上諭十六條令直省督撫轉行提鎮等官曉諭各該營伍將弁兵丁併頒發土司各官通行講讀

雍正元年

欽定

聖諭廣訓十六章共計萬言刊刻頒行府州縣鄉村令生童誦讀每月朔望地方官聚集公所逐條宣講

乾隆五年十月二十九日 內閣奉

上諭士為四民之首而太學者教化所先四方於是觀型焉比者聚生徒而教育之董以師儒舉古人之成法規

能爲巳則四書五經皆聖賢之精藴體而行之爲聖賢而有餘不能爲巳則雖舉經義治事而督課之亦糟粕陳言無裨實用浮僞與時文等耳故學者莫要於辨志志於爲巳者聖賢之徒也志於科名者世俗之陋也國家養育人材將用以致君澤民治國平天下而囿於積習不能奮然求至於聖賢豈不謬哉朕膺君師之任有厚望於諸生適讀朱子書見其言切中士習流弊故親切爲諸生言之俾司教者知所以教而爲學者知所以學

乾隆十年議准將乾隆五年

欽頒太學訓飭士子文通行頒發直省學官令教官於朔望一體宣讀永遠遵行

祠祀

臺灣府

社稷壇在永康里 風雲雷雨山川壇在永康里 先農壇在長興里雍正五年建前有耤田四畝九分 郡厲壇在郡城小北門外○以上各祭壇儀詳載前惟祭厲壇儀注見後

臺灣縣附郭不別爲壇

文廟在郡城寧南坊規制詳學校 崇聖祠在大成殿後 名宦祠在學宮廟門左內祀太子少保兵部尚書福建總督范承謨太子少保兵部尚書福建總督姚啓聖太子少保靖海將軍靖海侯福建水師提督施琅江西觀察使前臺灣府知府蔣毓英廣東分巡高廉羅道前臺灣府知府靳治揚福建巡撫贈禮部尚書前分巡臺厦道臺灣縣知縣陳璸臺灣府海防同知洪一棟福建水師提督施世驃南澳鎮總兵官藍廷珍分巡臺厦道陳大輦共十八人 鄉賢祠在學宮門外右側內祀朱

文公祠在鄉學左側康熙五十一年臺厦道陳璸建春秋有司致祭施將軍祠諱琅
在寧南坊郡人以其入臺不殺一人且奏請留臺勿棄民免遷徙建祠以報功德康熙五十九年地震圮
未建吳將軍祠諱英在東安坊平臺有功德於民建祠以報中有樓曰仰止蔣公祠
諱毓英在鎮北坊眞武廟後高公祠諱拱乾在鎮北坊關帝廟左乾隆叄拾年護道蔣允焄移
祀巡道署後關帝廟旁靳公祠諱治揚在東安坊衛公祠諱台揆在東安坊府城隍
廟左吳公祠諱昌祚在西定坊關帝廟右五忠祠水師副將許雲遊擊游崇功千總林
文煌趙奇奉把總李茂吉在安平鎮水師協署之左雍正五年副將陳倫烱建造游將軍祠
諱崇功在小北門外厲壇後乾隆十五年知縣魯鼎梅修城隍廟在郡署之右乾隆二十年知
府覺羅四明重修關帝廟一在鎮北坊僞時建康熙二十九年臺厦道王效宗修後殿爲三代
祠五十五年臺厦道陳璸重修五十六年里人就原址重建乾隆三年臺灣道尹士俍重修明寧靖王書
扁額曰古今一人雍正五年奉
旨春秋祀以太牢仍追封三代祠在後殿雍正三年臺灣

道吳昌祚擬鳳山縣大港社田租粟六十石以供香燈乾隆十七年臺灣道金溶重建三十年知府蔣允
焄重修改廟左高公祠爲官廳一座又一在西定坊一在土墼埕今圮一在安平鎮一在道署內一在許
厝甲一在保舍甲一在長興里一在新豐里一在保大東里天后廟在西定坊郎寧王故居康
熙二十三年靖海將軍施琅改建爲廟雍正四年
御賜扁曰神昭海表乾隆二年
勅封護國庇民妙靈昭應宏仁普濟福佑羣生天后廟有香燈園二十一甲在安定里年得租粟一百二十五
石諸邑令李麒光置交廟僧掌收乾隆三十年知府蔣允焄重修廟前另置官廳一座一在水港尾一在
西郊外海邊礱米街一在船廠一在磚仔橋一在鹿耳門一在安平鎮渡口龍王廟在寧南坊
康熙五十五年臺厦道梁文科建乾隆四年知府劉良璧修三十年知府蔣允焄重修廟左另建官廳一
座田祖廟一在鎮北坊康熙五十五年臺厦道梁文科建有記一在廣儲西里一在保大東里
倉神廟在鎮北坊赤嵌樓後雍正十年知縣林與泗建乾隆十五年知縣魯鼎梅修文昌
閣在朱文公祠後臺厦道陳璸建高山祠宇窗櫺四闢乾隆五年提學楊二酉再塑像於小南門樓

魁星堂在道署左側臺夏道吳昌祚建乾隆五年提學楊二酉再塑像於大南門樓　風神廟在西關外接官亭後乾隆四年巡道鄂善倡建乾隆三十年知府蔣允焄重修　火神廟在小南門外法華寺內康熙四十七年鳳山知縣宋永清建乾隆三十年知府蔣允焄重建碑記載藝文

臺灣縣

文廟在東安坊碑記載藝文　崇聖祠在大成殿後　名宦祠在學宮　鄉賢祠在學宮　城隍廟在鎮北坊知縣張宏建乾隆十六年知縣魯鼎梅重修又安平鎮城隍廟乾隆十四年水師副總兵官沈廷耀建　忠義孝悌祠在學宮內左側雍正元年奉旨建祀總兵官歐陽凱副將許雲遊擊孫文元游崇功守備胡忠義千總蔣子龍林文煌趙奇奉把總林彥李茂吉石琳千總林文煌之弟林文甲俱康熙六十年臺變殉難有司春秋致祭　烈女節婦祠在鎮北坊雍正元年奉旨建乾隆十六年邑廩生侯世輝重修祀烈女紀氏險娘節婦余氏預娘節婦袁氏孝行張氏節婦趙氏節婦郭氏孝行林氏節婦陳氏烈女黃罷娘俱奉旨旌表有司春秋致祭又貞烈坊二座一在禾寮港街爲時爲謝燦妻鄭宜娘建一在十字街康熙六十年爲陳越琪妻黃罷娘建

鳳山縣

社稷壇在興隆莊縣治北門　風雲雷雨山川壇在縣治北門　先農壇在縣治東門外　邑厲壇在興隆莊列祀典又一在淡水港東僞時安置罪人所鬼頻爲厲康熙五十八年知縣李丕煜令淡水司巡檢王國興建祠祀之以後不復爲厲歲時俱鄉人祀

文廟在興隆莊北門外　崇聖祠在大成殿後康熙四十三年知縣宋永清建　名宦祠在學宮　鄉賢祠未建　城隍廟在縣治北關外　關帝廟在縣治東門內雍正五年知縣蕭震建乾隆二十八年知縣王瑛曾重建一在半屏山大灣一在大竹橋　天后廟一在縣治北門內龜山之頂一在興隆莊左營康熙二十二年奉旨建乾隆二十七年知縣王瑛曾重建　八蜡祠在興隆莊龜山之陰康熙四十五年遇蝗災知縣宋永清憂之建祠禱祀　忠義孝悌祠在學宮左雍正元年奉旨建祀守備馬定國千總陳元把總林富領旗王奇生俱康熙六十

年殉難有司春秋致祭　烈女節婦祠在縣治北門祀阮氏蔭娘鄭氏月娘黃氏棄娘康熙四十八年知縣宋永清建坊雍正元年奉旨建祠春秋致祭

諸羅縣

社稷壇在縣治東南隅　風雲雷雨山川壇在縣治東南隅　先農壇在縣治東南隅

邑厲壇在縣治北隅

文廟在縣治西隅有碑記載藝文志　崇聖祠在大成殿後　名宦祠　鄉賢祠俱未建　城隍廟在縣署左　關帝廟在縣署東北隅後殿爲三代祠康熙五十二年參將翁國禎建五十四年參將阮蔡文守備游崇功成之一在善化里目加溜灣　天后廟在縣署左康熙五十六年知縣周鍾瑄募衆建又一在縣署內乾隆二十六年知縣衛克堉新建一在縣治西門乾隆二十五年泉州民募建又一在外九莊笨港街三十九年居民同建一在鹽水港五十五年居民同建一在蘭井南勢乾隆二十七年平和縣民建　忠義孝悌祠在學宮內雍正元年奉

旨建祀參將羅萬倉革職把總江光達俱康熙六十年臺變殉難有司春秋致祭　烈女節婦祠在學舍傍祀羅萬倉妾蔣氏係臺變殉難奉旨建有司致祭

彰化縣

社稷壇在縣治東郊　風雲雷雨山川壇在縣治東郊　先農壇在縣治東郊

邑厲壇在縣治北門外

文廟在縣治東北隅　崇聖祠在大成殿後　名宦祠　鄉賢祠並未建　城隍廟在縣治東門內雍正十二年知縣秦士望建乾隆二十二年知縣朱山重脩　關帝廟在縣治南門內後殿爲三代祠雍正十二年知縣秦士望建乾隆二十四年知縣張世珍重脩　天后廟在北門內乾隆三年北路營副將靳光瀚建二十六年副將張世英重脩又一在縣城東乾隆十三年知縣陸廣霖倡建　嶽帝廟俗訛玉帝廟在縣治東

淡水廳

城隍廟在竹塹城廳署內 關帝廟在竹塹城東門內 天后廟在竹塹城北門外乾隆七年同知莊年守備陳士挺建一在淡水關渡門康熙五十六年諸羅知縣周鍾瑄建一在淡水新莊街雍正九年建一在淡水艋舺渡頭乾隆十一年建

澎湖廳

天宮廟在媽祖澳康熙二十二年水師提督施琅克澎湖入覲見神像面有汗衣袍俱濕知為神助事聞特遣禮部郎中雅虎致祭祭文鐫額懸於堂各澳皆有廟 將軍廟在將軍澳神無考

關帝廟在媽祖宮西側

祭關帝儀注

歲凡三祭五月十三日前殿用帛一牛一羊一豕一果品五盤後殿不用牛餘如前殿其春二祭前殿用帛一牛一羊一豕一籩十豆十後殿帛各一羊各一豕各一籩各八豆各八

祭日引贊引承祭官進左旁門贊詣盥洗所盥手帨巾通贊唱執事者各司其事引贊贊就位引承祭官就位通贊唱迎神司香者捧香盒立香爐左引贊引承祭官詣香爐前司香者跪引贊贊上香承祭官將炷香接舉插香爐內又上塊香三次畢引贊贊復位承祭官復位引贊贊跪承祭官行三跪九叩禮興平身通贊唱奠帛行初獻禮捧帛執爵者將帛爵捧舉各就神位前引贊贊奠帛奠帛官跪獻畢行一跪三叩禮退贊獻爵獻爵官立獻畢退贊詣讀祝位讀祝者至祝案前行一跪三叩禮將祝文捧起立承祭官之左引贊贊

跪承祭官及讀祝者俱跪贊讀祝讀祝畢捧至神位
前安盛帛盒內行一跪三叩禮退引贊贊叩承祭官
行一跪三叩禮興平身通贊唱行亞獻禮（儀同初獻但不奠帛）
（不讀祝）通贊唱行終獻禮（儀同亞獻）通贊唱徹饌（執事者詣神位前將）
（籩豆等各少舉）通贊唱送神引贊贊跪承祭官行三跪九叩
禮興平身通贊唱讀祝者捧祝進帛者捧帛司饌者
捧饌恭詣燎位引贊引承祭官退至西邊立俟捧祝
帛過畢復位引贊贊詣望瘞位引承祭官至燎爐前
贊焚祝帛贊禮畢引承祭官退

後殿儀注

祭日引贊引承祭官進中門贊詣盥洗所（盥手帨巾畢）通

贊唱執事者各司其事引贊贊就位（引承祭官就位）通贊唱
迎神司香者捧香盒立香爐左引贊引承祭官詣
光昭公香爐前司香者跪引贊贊上香承祭官將炷
香接舉插爐內又上塊香三次畢引贊引承祭官詣
裕昌公香爐前同前上香畢引贊引承祭官詣
成忠公香爐前同前上香畢引贊贊復位承祭官復
位引贊贊跪承祭官行二跪六叩禮興平身通贊唱
奠帛行初獻禮捧帛執爵者將帛爵捧舉各就神位
前引贊贊奠帛贊獻爵（儀俱同前殿）先光昭次裕昌
次成忠各獻畢贊讀祝詣讀祝位（在光昭公前儀同前殿）通
贊唱行亞獻禮（儀同初獻但不奠帛不讀祝）通贊唱行終獻禮（儀同）

亞獻通贊唱徹饌儀同前殿通贊唱送神引贊贊跪承祭官行二跪六叩禮興平身餘悉同前殿

祭

龍神儀注

祭日清晨各官齊集廟側鼓三嚴引贊引承祭官進中門贊盥洗所盥畢通贊唱執事者各司其事引贊贊就位引承祭官就位通贊唱迎神司香者捧香盒立香爐左引贊引承祭官詣香爐前司香者跪引贊贊上香承祭官將炷香接舉插爐內又上塊香三次畢引贊贊復位承祭官復位引贊贊跪承祭官行二跪六叩禮興平身通贊唱奠帛行初獻禮捧帛執爵者將帛爵捧舉就神位前引贊贊奠帛贊獻爵贊讀祝讀祝畢贊行亞獻禮贊行終獻禮贊徹饌俱儀同前殿通贊唱送神引贊贊跪承祭官行二跪六叩禮興平身引贊贊詣望燎位引承祭官至燎爐前贊焚帛焚畢贊復位禮畢

祭厲壇儀注

每歲凡三祭春祭清明日秋祭七月十五日冬祭十月初一日每祭用羊三豕三飯米三石香燭酒紙隨用先期三日主祭官齋沐更衣用常服備香燭酒果楪告本處

城隍通贊唱行一跪三叩禮興平身詣神位前跪進

爵獻爵奠爵俯伏興平身復位又行一跪三叩禮興

平身焚告文禮畢本日設

城隍位於壇上祭物羊一豕一設無祀鬼神壇於壇

下左右書日本府境內無祀鬼神祭物羊二豕二盛置於器同羹

飯等鋪設各鬼神位前陳設畢通贊唱執事者各就

位陪祭官各就位主祭官就位贊行一跪三叩禮興

平身主祭官詣神位前跪三獻酒俯伏興平身復位

讀祭文讀畢又行一跪三叩禮焚祭文並紙錢禮畢

祭旗纛儀注

每歲霜降前一日鎮標暨城守及三營將士盛裝鎧

仗迎請旗纛到教場張幕劄營至霜降日五鼓以帛

一白色羊一豕一行三獻禮禮畢放砲揚威撤幕束裝

整伍回營歸纛於廟各營皆然

重修臺灣府志卷之七終

縣張宏拔學廨於明倫堂後五十四年巡道陳璸重建
崇聖祠以左右夾室為名宦祠鄉賢祠知縣俞兆岳
教諭鄭長濟濬泮池五十九年同知攝縣事王禮脩雍
正元年知縣周鍾瑄重脩十二年貢生陳應魁建櫺星
門於泮池前乾隆八年諸生張元華等脩 崇聖祠十
四年學廨圮教諭朱升元重脩十五年廩生侯世輝等
捐資鼎建於大成門左右增建忠義祠孝悌祠於崇聖
祠後增建訓導廨入學定額康熙二十五年題定歲進文武童各十二名科進文童十二名廩膳十名增廣如之歲貢二年貢一人雍正元年特恩廣額一次加進五名乾隆元年 特恩廣額一次名數如前

鳳山縣儒學在縣治北門外

中為 大成殿東西兩廡前為戟門又前為櫺星門後
為 崇聖祠康熙二十三年知縣楊芳聲始建四十三
年知縣宋永清重建五十八年知縣李丕煜乾隆二年
本學拔貢生壽寧教諭施世榜十七年知縣吳士元相
繼脩廟前有天然泮池荷花芬馥香聞數里鳳山拱峙
屏山插耳龜山蛇山繞護形家以為人文勝地入學定額康熙二十五年題定歲進文武童各十二名科進文童十二名廩膳十名增廣如之歲貢二年貢一人雍正元年特恩廣額一次加進五名乾隆元年 特恩廣額一次名數如前

諸羅縣儒學在縣治西門外○舊在西門內康熙四十五年同知署縣事孫元衡建 大成殿及櫺星門四十七年署知縣宋永清建 崇聖祠及東西兩廡五十四年知縣周鍾瑄建明倫堂及名宦鄉賢文昌三祠雍正八年知縣劉良璧馮盡善教諭李倪昱等重脩規制隘陋今改為玉峯書院

中爲　大成殿東西兩廡前爲戟門又前爲櫺星門後爲　崇聖祠乾隆十八年知縣徐德峻新建入學定額康熙二十五年題定歲進文武童各十二名科進文童十二名廪膳十名增廣如之歲貢二年貢一人雍正元年特恩廣額一次加進五名乾隆元年特恩廣額一次名數如前

彰化縣儒學在縣治東北

中爲　大成殿東西兩廡前爲甬道爲戟門又前爲櫺星門爲泮池砌以圍墻東爲義路西爲禮門後爲　崇聖祠右爲明倫堂堂後爲學廨雍正四年知縣張鎬建乾隆十六年知縣程運青十八年同知署縣事王鷃二十四年知縣張世珍二十七年知縣胡邦翰相繼脩入學定額雍正元年議准歲進文武童各八名科進文童八名雍正十三年題准設廪增各十名俟十年後出貢嗣後四年貢一人乾隆元年特恩廣額一次加進三名

文廟祭儀

祭期

春秋二祭月用仲日用上丁月用仲取時之正也日用丁取文明之象也

齋戒

祭前三日獻官陪祭官及執事者皆沐浴更衣散齋二日各宿別室致齋一日同宿齋所散齋仍理庶務惟不飲酒不茹葷謂葱韭薤蒜不弔喪不問疾不聽樂不行刑不判署刑殺文字不與穢惡事致齋惟理祭事

告祝版

祭前一日主祭官朝服詣臺下知縣一員舉祝案由

甬道行至殿中安設　通贊唱　行上香禮主祭官由東堦上進殿左門詣香案前立　引贊　跪上香　捧香生　跪主祭官受香拱舉授　捧香生　上炷香於爐又上瓣香畢　引贊　三叩首興　通唱　禮畢

觀樂

主祭官告祝版畢率僚屬入府學明倫堂旁坐府學教官督執事生樂舞生畢集例用教職一員爲正獻官一員爲糾儀官　臺郡以正貢生陪貢生代　生員六人爲分獻官照正祭日儀注演習執事生及樂舞生各敬謹如儀演畢以次退

省牲

祭前一日執事者設香案於牲房外獻官常服贊者唱　詣省牲所　唱　省牲　牛羊豕鹿兎省之謂看牲數有無齊足肌體有無肥瘠毛色有無純正　省畢　唱　省牲畢乃退

宰牲

凡宰牲必取血以告殺取毛以告純以盆盛毛血少許入置神位下

視祭器　祭器康熙五十四年臺厦道陳璸捐置雍正七年知府倪象愷脩乾隆六年巡道劉良璧重脩

牲匣　以木爲之所以盛牲者底蓋朱髹各高六寸長三尺三寸廣二尺二寸兩旁釘銅環四兩端二

登　範金爲之所以薦大羹者　鉶　範金爲之所以薦和羹者　籩　以竹爲之所以薦棗栗菱芡榛脯鹽魚餅糗者　豆　以木爲之所以薦菹醢脾析豚拍者　簠　範金爲之所以盛黍者　簋　範金爲之所以盛稷者　篚　編竹爲之朱髹所以盛帛者　爵　範金及磁爲之所以受酒者　尊勺幕巾

尊所以盛酒者勺所以酌酒者冪巾所以冪酒者 盥洗尊盆勺幌 尊用磁盆銅錫隨用

案 祝案一高一尺二寸廣二尺三寸長三尺朱髹置正殿中以閣祝版尊案一高二尺七寸廣一尺五寸長五尺案面刻孔三下盛以木版朱髹置丹墀以閣酒尊爵帛案一尺四寸與酒尊同置丹墀以閣爵帛

香案 香爐 香合 牲盤 祝版 以梓楸木或桶木爲之高八寸廣一尺二寸別作一架閣之用白紙書文貼版上祭畢揭焚之藏版與架再用 燭龍 即滿堂紅俱用銅鐵線結龜網不用糊紙及紗絹其底裹以鐵葉皆防焚灼之虞

治祭物

大羹 周禮注煮肉汁不和 和羹 周禮注肉汁加以五味 黍 結穗如稻散垂而不毛高而似蘆者非 稷 禮謂明粢乃粢之不糯者 稻 今水田所種粳米 粱 似粟而大有青黃白三種以上四品俱揀擇圓好滚湯泡撈成飯 形鹽 周禮鹽人掌形鹽散鹽注謂形鹽刻爲虎形之類 魚 周禮鮍人爲鱻薨注謂鱻生薨魚乾魚今製用鮮魚薄醃乾之臨用溫水洗酒浸片時 棗 栗

榛 俱陸果 菱芡 俱水果菱即今菱角芡即今雞頭以上水陸諸果皆揀擇潔淨圓好者 韭菹 周禮七菹謂醃菜爲之菹今醃製截去本末取中三寸淡用 醓醢 醢肉醬也醓醢之多汁者今製皆細切豬膂肉拌油鹽葱椒蒔蘿茴香爲之 菁菹 菁蔓菁菜頭似蘿蔔色微青今製用湯淪過作長段淡用 鹿脯 周禮腊人掌乾肉脯即肉之乾者今製切鹿肉作塊酒醃炙乾用之 鹿醢 切鹿肉作小塊用油鹽葱椒蒔蘿茴香拌勻爲醢 兔醢 製法同上 芹菹 芹水菜也如治菁菹法 筍 乾筍今製法煮熟揀淨切作長段用 魚醢 如造鹿醢法 白餅 用小麥麪造 黑餅 用蕎麥麪造以上俱用沙糖爲餡即作圓餅子 糗餌 用粳米搗粉梔子水浸之蒸熟即作餅子 粉餈 用糯米搗粉蒸熟杵成餈爲大方塊待冷切作小塊用 酏食 用糯米飯以和羊膏及蜜同熬 糝食 用白粳米飯細切牛羊豕肉同熬 帛 官制幷段各長一丈八尺旁織禮神制帛四字禮謂量帛謂量度其短長爲之制也

獻官員數

正獻官（專祀中位及四配位）分獻官（分祀東西哲位及兩廡位）

先期二日將各獻官員數及各執事人數書名榜掛

各獻官親自署名

執事人數

監宰（凡牛羊豕爲正牲鹿兔爲脯醢宰殺之時務使潔淨其毛血先存少許以告於神其餘及腸胃皆以淨桶盛之置諸庫房以俟埋瘞）監洗（凡鍋釜罍爵籩豆之屬與夫一應器血俱監臨洗滌潔淨）

監造膳羞（爲餅餌及製造脯醢之屬）收發祭器（凡祭器一發一收皆檢視明白不可遺漏）提調冪次　通贊　引贊　司罍爵香燭　司爵

司帛　讀祝　飲福受胙執事（捧酒一捧胙一胙肉先令宰夫割取之）

陳設

正殿

制帛一端（白色）白磁爵三　牛一　豕一　羊一　登一　鉶二　簠二　簋二　籩十　豆十　酒尊一

香　燭

四配（每位一案）

制帛一端（白色）白磁爵三　豕一　羊一　鉶一　簠二　簋二　籩八　豆八　酒尊一　香　燭（每位一副）

東哲

制帛一端（白色）白磁爵各一　豕一　鉶各一　簠各一　簋各一　籩各四　豆各四　豕首一　香

燭

西哲與東哲同

東廡

制帛一端（白色） 銅爵各一 豕三 每案簠一 簋一

籩四 豆四 香 燭

西廡與東哲同

崇聖祠（五案）

制帛五端（白色） 白磁爵各三 羊各一 豕各一 銅各一 簠各二 簋各二 籩各八 豆各八 酒各一尊 香 燭

四配（每位一案）

制帛二端（白色） 豕首一 銅爵各三 簠一 簋一

籩四 豆四 豕肉一方 香 燭

東廡

制帛二端（白色） 銅爵各三 簠一 簋一 籩四 豆四 豕肉一方 香 燭

西廡與東廡同

設酒尊所盥洗所於丹墀之東南（尊實酒施冪盥置水施帨各有司之者）設埋瘞所於廟之西北丹墀東西及露臺上各設炬兩廡長廊各設燈

崇聖祠致祭儀注

凡祭

文廟必先祭

崇聖祠夜四鼓衆官畢集祠中鼓一通陳設備具鼓二通庭燎
畢舉鼓三通引贊各引獻官至通贊唱執事者各司其事唱分
獻官就位唱正獻官就位唱瘞毛血執事捧毛血出正祀由中門配
祀由側門通贊唱迎神引贊贊跪叩首獻官行三跪九叩
禮興平身通贊唱捧帛捧帛者正祀由中門入配祀由側門入詣各神位之左
通贊唱奠帛行初獻禮引贊贊詣盥洗所獻官盥手畢通
贊唱詣酒尊所司尊者舉冪酌酒執事者注酒於爵捧爵者在正獻官
前行正祀由中門入配祀由側門入詣名神位前引贊導獻官進殿左門贊
詣
肇聖王神位前贊跪獻官行一跪一叩頭禮興平身唱奠
帛獻官接帛拱舉立獻畢執事者跪接帛進於神前案上司爵者進爵於獻官引贊贊獻
爵獻官接爵拱舉立獻畢執事者跪接爵進於神前案上引贊贊跪獻官行一
跪一叩頭禮興平身引贊贊詣

裕聖王神位前贊跪儀如前引贊贊詣
詒聖王神位前贊跪儀如前引贊贊詣
昌聖王神位前贊跪儀如前引贊贊詣
啓聖王神位前贊跪儀如前引贊贊詣讀祝位獻官至香案前引贊
唱跪通贊唱衆官皆跪唱讀祝文讀祝者取祝版跪讀祝曰維
乾隆某年歲次某干支二八月某干支朔越某日某干
支某官某名敢昭告於
肇聖王　裕聖王　詒聖王　昌聖王　啓聖王孔氏之
神曰惟

王積厚流光誕生　至聖五代
褒封千秋尚盛今茲仲春秋謹以牲帛醴粢庶品式陳明薦
以　先賢顏氏　先賢曾氏　先賢孔氏　先賢孟
孫氏配尚　饗讀畢捧祝版跪安案上帛盒內通贊
唱叩首獻官行三叩禮興平身引贊贊詣東配
先賢顏氏神位前贊跪贊奠帛贊獻爵叩首興平身儀如
引贊贊詣西配
先賢曾氏神位前贊跪儀如引贊贊詣東配
先賢孔氏神位前贊跪儀如引贊贊詣西配
先賢孟孫氏神位前贊跪儀如引贊贊復位引獻官從西角門出至原
位朝上立通贊唱行分獻禮引贊引分獻官至盥洗所盥洗畢引贊贊詣
先儒周氏神位前贊跪贊奠帛贊獻爵叩首興平身儀如
引贊贊詣

先儒張氏神位前贊跪儀如引贊贊詣
先儒程氏神位前贊跪儀如引贊贊詣
先儒朱氏神位前贊跪儀如引贊贊詣
先儒蔡氏神位前贊跪儀如引贊贊復位引分獻官從西角門出至原位
朝上立通贊唱行亞獻禮引贊引獻官從東角門入不用詣盥洗所引贊贊
詣酒尊所司尊者舉冪酌酒先詣　肇聖王次　裕
聖王次　詒聖王次　昌聖王次　啓聖王次　配
位儀同初獻但不奠帛不讀祝復位通贊唱行終獻禮儀同亞獻通贊
唱飲福受胙引贊　詣飲福受胙位位在讀祝所進福酒者捧酌進

胙者捧盤立於讀祝案之引贊贊跪飲福酒束執事東又二執事立於案之西捧福酒
跪進於獻官西執事引贊贊受胙東執事取羊肩置跪接爵置於案上盤上跪進於獻官
獻官受胙訖西執事跪接由中門捧出引贊贊叩首興平身復位通贊
唱跪叩首獻官行三跪九叩禮眾官皆同興平身通贊唱
徹饌執事者各於神案前品物畧動移通贊唱送神引贊贊跪叩首
獻官行三跪九叩禮興平身通贊唱讀祝者捧祝司
帛者捧帛詣瘞所執事捧帛捧祝正祀由中門出配祀出邊門出通贊唱詣
望瘞位引贊引獻官各詣望瘞位贊望瘞贊焚祝帛
引贊贊復位禮畢
文廟致祭儀注樂譜舞譜閩省通志已詳載不復列
崇聖祠祭畢

文廟中鼓初嚴殿上兩廡諸執事者各燃燭焚香丹墀
及露臺上皆明炬各官俱朝服鼓再嚴歌生樂舞生
各序立丹墀兩邊鼓三嚴各執事者薦羹及啟牲匣
蓋以湯澆牲體使氣上升各引贊引各獻官至戟門
下北面立通贊唱樂舞生各就位樂生隨司麾者入殿內各就所執樂
位舞生各隨司節者上露臺分東西班立司節者就西立通贊唱執事者各司其
事司罍洗者各就罍洗司瘞毛血者俟瘞毛血凡有司者各司其事通贊唱陪祭官
各就位各照官銜品級就拜位康熙四十九年詔天下武員把總以上皆得入廟陪祭分
獻官各就位正獻官就位隨引贊就拜位通贊唱瘞毛血執事
者捧毛血正祀由中門四配東西哲由左右門出兩廡隨之瘞於坎通贊唱迎神麾生
舉麾唱樂奏咸平之章樂作舞生執籥未舞通贊唱跪叩首正

獻分獻陪祭官俱行三跪九叩禮興平身麾生偃麾
櫟敔止樂通贊唱捧帛執事者捧帛盤正祀由中門進配哲由左門進兩廡分東西進詣各
神位之左鞠躬旁立通贊唱行初獻禮引贊二人導正獻官行通贊贊詣
盥洗所獻官盥手畢通贊贊詣酒尊所司尊者舉冪酌酒
執事者注酒於爵捧爵者在獻官前行正祀由中門入餘由左門入詣各神位前鞠躬旁立引贊
贊詣
至聖先師孔子神位前獻官隨引贊由左偏門入至神位前朝上立麾生舉麾
唱樂奏寧平之章擊柷作樂舞生按節而舞引贊贊跪隨作樂隨行禮引
贊贊奠帛捧帛者西跪進帛獻官拱舉執事者接置神案上引贊贊獻爵司爵
者西跪進爵獻官拱舉執事者接置神案上引贊贊叩首興平身贊詣讀
祝位獻官至香案前引贊唱跪通贊唱衆官皆跪唱讀祝文

讀祝者取祝版跪讀祝曰維乾隆某年歲次某干支二八月某干
支朔越某日某干支正獻官某分獻官某敢昭告於
至聖先師孔子之神曰維
師道冠古今德配天地刪述六經垂憲萬世今茲仲春秋謹
以牲帛醴粢祗奉舊章式陳明薦以復聖顏子
宗聖曾子述聖子思子亞聖孟子配尚饗讀
畢麾生舉麾樂續作初獻祝時麾生偃麾樂暫止至是接奏未終之曲讀祝者將祝
版復置神案上通贊唱叩首獻官行三叩禮興平身引贊唱
詣
復聖顏子神位前贊跪贊奠帛贊獻爵俱如正祀儀引贊唱
叩首興平身贊詣

宗聖曾子神位前贊跪儀如前引贊贊詣
述聖子思子神位前贊跪儀如前通贊唱行分獻禮引贊各另引分獻官十二哲兩廡俱如正祀儀引贊贊詣
亞聖孟子神位前贊跪儀如前引贊贊復位麾生偃麾櫟敔止樂引贊引獻官及分獻官由西角門出俟於原位朝上立通贊唱行亞獻禮俱如前儀惟不盥洗不奠帛不讀祝文麾生舉麾唱樂奏和平之章擊柷作樂舞生按節而歌獻畢唱復位麾生偃麾儀如前通贊唱飲福受胙引贊贊跪飲福酒東執事進爵獻官飲訖西執事接置神案上引贊贊受胙東執事進胙獻官受訖西執事接胙由中門出引贊贊叩首興平身復位通贊唱跪叩首正獻分獻陪祭各官俱行三跪九叩禮興平身通贊唱徹饌麾生舉麾唱樂奏咸平之

章樂作舞止徹訖將神案上器物畧移動通贊唱送神麾生舉麾唱樂奏咸平之章樂作舞止引贊贊跪叩首正獻分獻陪祭各官俱行三跪九叩禮興平身麾生偃麾儀如前通贊唱讀祝者捧祝司帛者捧帛各詣瘞所正祝由中門左右配哲由左右門兩廡各隨班俱詣瘞所通贊唱詣望瘞位各獻官詣瘞位麾生舉麾唱樂奏咸平之章有樂無舞樂章同送神通贊唱望瘞唱焚祝帛唱復位麾生偃麾樂止通贊引贊同唱禮畢各官俱退

文廟祭畢乃祭

朱文公祠帛一羊一豕一簠一簋一籩四豆四次祭名宦祠次祭鄉賢祠品物俱同臺鄉賢尚缺朱文公祠主祭官臺灣府知府或委員其盥瘞奠獻俱如儀迎

神送神俱一跪三叩

乾隆十年議准每逢朔望值省文武大員于文廟行香後即親詣崇聖祠行禮或有事則委教官代

文廟神主位次

正殿

至聖先師孔子神位　正中南向

四配

復聖顏子　述聖子思子

在殿內東傍西向

宗聖曾子　亞聖孟子

在殿內西傍東向

十二哲

先賢閔子名損　先賢冉子名雍

先賢端木子名賜　先賢仲子名由

先賢卜子名商　先賢有子名若乾隆三年自東廡升

在殿內次東　西向

先賢冉子名耕　先賢宰子名予

先賢冉子名求　先賢言子名偃

先賢顓孫子名師　先賢朱子名熹康熙五十一年自西廡升

在殿內次西　東向

東廡

先賢蘧瑗　先賢澹臺滅明

先賢原憲　先賢南宮适

先儒楊時　先儒羅從彥

先儒李侗　先儒張栻

先儒黃榦　先儒真德秀

先儒何基　先儒趙復

先儒吳澄　先儒許謙

先儒王守仁　先儒薛瑄

先儒羅欽順　先儒陸隴其　東廡共六十二位

西廡

先賢林放　先賢宓不齊

先賢公冶長　先賢公皙哀

先賢高柴　先賢樊須

先賢商澤　先賢巫馬施

先賢顏辛　先賢曹卹

先賢公孫龍　先賢秦商

先賢顏高　先賢壤駟赤

先賢石作蜀　先賢公夏首

先賢后處　先賢奚容蒧

先賢顏祖　先賢句井疆

先賢秦祖　先賢縣成

先賢公祖句茲　先賢燕伋

先賢樂欬　先賢狄黑

先賢孔忠　先賢公西蒧

先賢顏之僕　先賢施之常
先賢申棖　先賢左邱明
先賢秦冉　先賢牧皮
先賢公都子　先賢公孫丑
先賢張載　先賢程頤
先儒公羊高　先儒孔安國
先儒毛萇　先儒高堂生
先儒鄭康成　先儒諸葛亮
先儒王通　先儒司馬光
先儒歐陽脩　先儒胡安國
先儒尹焞　先儒呂祖謙

先儒蔡沈　先儒陸九淵
先儒陳淳　先儒魏了翁
先儒王柏　先儒許衡
先儒金履祥　先儒陳澔
先儒陳獻章　先儒胡居仁
先儒蔡清 西廡共六十一位

崇聖祠神主位次

正殿

肇聖王木金父公

裕聖王祈父公

詒聖王防叔公

昌聖王伯夏公

啓聖王叔梁公

東配

先賢顏無繇　先賢孔伯魚

先儒周輔成　先儒程珦

西配

先賢曾晳　先賢孟孫激公宜

先儒朱松　先儒張迪

先儒蔡元定

書院

海東書院舊在府學宮西偏康熙五十九年巡道梁文瑄建後因數爲校士所書院幾廢乾隆四年督學單德謨另建考棚復爲書院十五年臺灣縣知縣魯鼎梅就縣署改建二十七年巡道覺羅四明更就舊校士院改建尋並罷今制如左

在寧南坊府學宮右乾隆三十年護道臺灣府知府蔣允焄新建碑記見藝文　乾隆五年督學楊二酉奏准照省書院例以府儒學教授爲師○書院膏火田見後學田

臺灣道劉良璧海東書院學規

書院之設原以興賢育才臺地僻處海表數十年來沐我
聖天子涵濡教育之恩人文蔚起不殊內地今提學楊公奏請特立書院延請師儒耑爲生童肄業俾成人有德小子有造所有規條如左願諸生遵守勿違

一明大義　聖賢立教不外綱常而君臣之義爲達道之首所以扶持宇宙爲尤重臺地僻處海表自收入版圖以來秀者習詩書樸者勤稼穡而讀書之士知尊君親上則能謹守法度體國奉公醇儒名臣由此以出躋田夫野老有所觀感興起海外頑梗之風何至復萌

一端學則　程董二先生云凡學于此者必嚴朔望之

儀謹晨昏之令居處必恭步立必正視聽必端言語必謹容貌必莊衣冠必整飲食必節出入必省讀書必專一寫字必楷敬几案必整齊堂室必潔淨相呼必以齒接見必有定脩業有餘功游藝有適性使人莊以恕而必專所聽此白鹿書院教條與鼇峰書院學規並刊二夫最爲切近

一務實學古之大儒明體達用成已成物皆由爲諸生時明於內重外輕養性深厚凝重氣質故出可以爲國家効力宣猷入亦不失爲端方正直之士家塾黨庠術序胥由此道也諸生取法乎上毋徒以帖括爲工

一崇經史六經爲學問根源士不通經則不明理而史以記事歷代興衰治亂之跡與夫賢佞忠奸善可爲法惡可爲戒者罔不備載學者肆力于經史則有實用而詩文之根柢亦胥在焉舍經史而不務雖誦時文千百篇不足濟事

一正文體自明以帖括取士化治爲上隆萬次之啓禎又次之我

朝文運昌明名公巨篇汗牛充棟或兼收博採或獨宗一家雖各隨風氣爲轉移而理必程朱法則先正不能易也夫不飭奏山談止咀呪之高不窮典謨妄誇諸子之陋諸生取法宜正立言無陂

一慎交遊讀書之士敬業樂羣原以講究詩書切磋

有益故君子以文會友以友輔仁若少年聚會不以道義相規而以媟褻相從德何以進業何以脩稂莠嘉禾不可不察諸生洗心滌慮毋蹈前習

臺灣道兼提督學政覺羅四明勸定海東書院學規

一端士習臺郡風氣初開士習最亟蓋士爲凡民表率士習端則民風淳理固然也況士人身入聖門將自命爲何等人物倘口誦詩書而所行輒下同市販豈不爲士林羞諸生沐浴

聖教淪肌浹髓諒不至此而居常行動尤必厚重端凝以固其基址謹飭斂抑以束其身心凡一切輕薄浮夸與夫奔競鑽營蕩檢踰閑諸事所宜痛戒呂榮公曰後生初學且須理會氣象氣象好時百事皆當正此意也

一重師友師以明道解惑友以取善輔仁古人負笈千里求一良師友而不可得矧今同堂課業以資砥礪其有悠忽度日甘自廢棄者乎今與諸生約定用唐人十日休沐之例每旬一假每月分上中下三澣餘盡肄業院中以收師友之益如在假外任意出入者察出擯日抵扣膏火至夫樂羣所以敬業也諸生長聚院中如或謔浪以爲詼諧或酒肉以相徵逐或勢利以爲炎涼或挑眦以圖報復或較短論長以相角勝凡茲陋習並損交情宜共禁戒乃若居常聚首則同體汎愛親仁之意和氣相處休戚相關有善則揚有惡則隱毋黨同而

伐異毋別戶而分門毋挾嫌而思刻除質疑問難或有
要事商酌外各宜習靜房中不得數相往來以致廢時
失業

一立課程　業精于勤荒于嬉自古誌之今以鹵莽滅
裂之學或作或輟歲月坐馳而欲幾了有成難矣余于
諸生忝爲一日之長宜倣程長齋讀書分年日程之遺
意而行之各置一簿子將每日所新讀及舊所溫習之
書四書六經三史通鑑綱目近思錄性理大全古文詩
文等項逐一照格塡註冊內各自量材力之淺深以爲
功課之多寡勿怠緩勿急迫優遊玩索以俟自得每旬
日諸生將所註簿子彙繳憑院長逐條稽查以驗所學
之勤惰如有疑義不明亦卽面相質問以著教學相長
之義如此則循序可以漸進積累于以有成將日就月
將自無廢棄之日矣

一敦實行　讀書所以致用也聖賢垂世立教詩書禮
樂易象春秋之文于以發揮義理非是爲一塲話說欲
使人躬行實踐體驗于身心而推諸家國天下之間今
學者開口便云讀書到底讀書將爲甚事此處宜自猛
省倘徒慕讀書之名而于倫常行已間多不可問則所
爲讀書之本已失雖能讀破萬卷作絕妙文字亦何以
質聖賢而盟幽獨故人旣自拔于流俗將以聖賢爲必
可爲凡一切言動視聽以及五常十義之倫逐項須要
認眞毋得仍前忽略則士脩之于家而獻之
天子之庭將爲言坊行表之儒矣

一看書理　朱子云讀六經工夫多得效少論孟工夫
少得效多程子曰論語孟子旣治則六經可不治而自
明矣由程朱之言思之一部四子書句句皆切于學者
操存涵養之要擴充體驗之功脩齊治平之實非若他
書之浩渺無涯難于盡曉也竊怪今之爲講說者不泥
文義卻全背遠去理會文字又滯泥不通更有一種講
章腐習章章節節硬立一兩句書旨定一間架強以聖
賢言語來湊合大抵後稿時文立柱穿揷起見不知與
聖賢本意已去千里程子云讀書須濯去舊見以來新
意又云學貴自得不可以相類泥其義朱子云某說書
不敢先立一見橫生一解惟平氣虛心以求聖賢本意
之所在合茲以觀學者看書不當泛泛以書傳我而當
以我看書字字句句實從經文傳注涵泳而出而又一
一皆體之于身驗之于心胸合無間則積漸久心地光
明自能脫然有會通處由是而六經而子史亦易爲力
弇至若時下講章便于舉業者則汪陸二大全外金壇
王氏滙叅一書爲得其要領云

一正文體　道之顯者謂之文自有天地以來蓋已有
之顧代各異尚體亦數變見諸六經性理文心雕龍文
粹文鑑以及八家所自序說其論詳矣至有明鄉會墨

闈以八股取士本荆公經義而參以帖括遺意學者代
聖賢立言于以發揮天地民物之理其一定繩尺比諸
詩賦論策更宏綱嚴貼故至今遵守而不變也顧有
明文字成化以前類依傳註血寫恰如化工之肖物一
字不可減增此太羹元酒之味朱絃疏越之音非可以
擬議而得矣治正嘉之年堂皇肅穆王大昌明淵渟嶽
峙文至此可云極盛隆萬節講機法而氣度漸卽于輕
佻此爲日之既昃乎然尺度謹嚴猶不失先民矩矱天
崇諸君厭其卑弱欲起而矯之苦心孤詣窮幽極險以
規模唐宋大家才情魄力誠足以橫絕一代然支離
雜不合于經者亦有之我
朝氣運昌隆人才輩出
國初如熊劉諸公弇張京江韓慕廬李文貞公輩皆能
精理內涵浩氣外達誠足以日月經天江河行地矣卽
近代以來風氣稍異而清眞雅正
明訓昭宣其作文直抒所見者如桐城方氏金壇王氏宜
興儲氏宗百川任翼聖數家實能以濂洛關閩之理運
王唐歸胡之法者學者尤不可不奉爲圭臬至夫合選
善本如
欽定四書文外上罕皆分種八編殊有層級可循無吊詭
麗雜諸弊宜所傳習外若矜奇好異軋茁字句以炫聽
聞槪所弗錄

一崇詩學 詩以理性情學者所宜習顧自樂府雜擬
以及五七言古近諸體派別各殊格律亦異今
天子覃敷文教更定取士程式自丁丑試貢士于禮闈易
二場表判加試八韻詩一首厥後著爲
令甲凡直省鄉試以及學臣科歲兩試或八韻或六韻皆
得諧聲比律學爲應制體比年以來士之嚮慕向化者
諒無不揚風扢雅以蘄至古之立言者矣顧館閣及省
試詩並稱應制體昔人嘗取少陵題畫晃旒俱秀發旌
旗盡飛揚句爲館閣詩定式又取東坡論書端莊雜流
麗剛健含婀娜句爲省試詩定式然吾觀省試詩較館
閣尤爲不易葢三條燭燼排比聲病諸律既足以窘縛
才思而風流婉麗鏗訇鍾呂之音非沐浴于高文典冊
中者亦未易展發其聲華故古人于試帖詩罕所愜心
卽今讀文苑英華所載唐省試詩十卷惟沈宋元白諸
鉅公庶幾完好外其餘多瑕瑜不掩則地有以限之也
諸生倘欲習之有素宜取唐人試帖如國秀集中興間
氣集近光集近代試帖如玉堂集和聲集依永集等書
朝夕諷詠心和手柔自足以鼓吹
休明而無鄙野之譏矣
一習舉業 今人分舉業與理義之學爲兩段事謂舉
業有妨于理義之學此說非也葢舉業代聖賢立言必
心和氣平見解宏通自綱常名教以及細微曲折之理

社學

臺灣縣社學在東安坊二康熙二十二年知府蔣毓英建在鎮北坊一康熙二十八年巡道王效宗建

鳳山縣社學在土墼埕康熙二十八年知府蔣毓英建

諸羅縣社學一在縣內紅毛井一在新化里一在善化里一在開化里一在安定里一在打猫後莊一在斗六門莊以上七所康熙四十八年知縣劉作揖奉巡撫張伯行文建

彰化縣社學在半線莊統係康熙四十八年奉文建

土番社學

雍正十二年巡道張嗣昌建議各置社師一人以教社童令各縣學訓導按季考察

臺灣縣土番社學一在新港社口今廢一在新港社內一在隙仔口今廢一在卓猴社一在大傑巔社

鳳山縣土番社學一在力力社一在茄藤社一在放縤社一在阿猴社一在上淡水社一在下淡水社一在搭數社一在武洛社

諸羅縣土番社學一在打猫後莊一在斗六門莊一在目加溜灣一在蕭壠社一在麻豆社一在諸羅山社一在打猫社一在哆囉嘓社一在大武壠頭社一在大武壠二社一在他里霧社

彰化縣土番社學一在半線社一在馬芝遴社一在東螺社舊眉裏社另有社學今附此一在西螺社一在猫兒干社一在大肚社舊柴坑仔社另有社學今附此一在大突社一在二林社一在大武郡社一在南社一在阿東社一在感恩社一在遷善

社一在南投社一在北投社一在猫霧揀社一在岸裏社一在猫羅社一在阿里史社

淡水廳土番社學一在淡水社一在南崁社一在竹塹社一在後壠社一在蓬山社一在大甲東社

學田

臺灣府學田

一在鳳山縣鯤港莊一百五十八甲一分六釐七毫除管事辛勞田十五甲甲頭田五甲本莊土地祠香燈田二甲給賞孤老田二甲實田一百三十四甲一分六釐七毫年輸正供一十九石九斗二升折實粟二十四石道斗實收租粟七百八十一石道斗

一在臺灣縣二贊行七甲七分一釐八絲五忽年輸正供粟三十八石五斗二升九合七勺三撮學租粟四十四石道斗內乾隆二十年被水沖陷田一分零年減徵租谷二十四石今實收學租粟二十道斗

一在鳳山縣荆蓁林四甲二分年輸正供粟一十八石八斗學租二十四石道斗以上俱康熙四十九年巡道陳璸置乾隆三年定每年撥給臺灣縣學粟八十石餘爲　文廟各祠香燈祭祀以及月課脩葺諸費

海東書院田

一在彰化縣大武郡保社北莊內二抱竹莊計水田九十一甲七分三釐折一千零九畝九釐零每年除完正

供粟一百六十石六斗六升六合零外實收租粟五百七十三石二斗二升三合零乾隆五年拔貢生施士安捐置

一在彰化縣隹秀莊共計田五十甲年徵租粟二百七十石舊係　萬壽宮香燈田乾隆十七年巡道金溶撥置

一在臺灣縣羅漢門外庄年徵租粟二百一十五石八斗折畨銀二百一十五員另銀六錢四分乾隆二十五年典吏陳琇監生陳丕武生陳有志等同捐置

一在彰化縣德興庄犂分二張水田十甲每年除完正供耗羨丁餉等費外另收田底租二百石折官斗實粟一百七十石乾隆二十七年原任海寧州州同施士齡捐置

崇文書院田 舊係臺灣府義學田

一在諸羅縣蘆竹角海豐崙三十七甲一分四釐四毫每甲納租粟八石道斗年共收粟二百九十七石一斗五升二合除納正供並運載船脚工費粟一百一十五石五斗六升外實存粟一百八十一石五斗九升二合道斗以為師生膏火之資康熙四十五年知府衛台揆置

一乾隆十六年彰化听裏社原通事張達京德化通事林秀俊呈請每年各願捐穀四百石共八百石每石折

銀四錢共銀三百二十兩分春夏秋冬四季繳充膏火

巡道金溶給匾獎之勒石以志

明志書院田

在興直莊水田八十甲年充租穀六百零六石六斗零年輸正供雜費統在內為書院膏火乾隆二十八年永定貢生胡焯猷捐置

臺灣縣學田

在永康里崁頂下則園一片年輸正供外存粟二十一石有奇

鳳山縣學田

一在赤山莊下則園二十甲一在嘉祥里下則園二十里並康熙二十六年教諭黃賜英置

一在硫磺水土番園中則園九十甲六分零康熙四十八年知縣宋永清置

一在興隆莊下則園四甲三分康熙四十八年知縣宋永清置

一在興隆莊蓮池潭尾窪地二十甲乾隆二十三年知縣秦其煟置

一在搴桂橋仙坑口洲田一片未丈佃莊濟等十二名年認納租粟二十四石乾隆二十七年知縣王英曾置

一在港東里關帝港田　甲乾隆二十八年知縣王瑛曾置

諸羅縣學田

在加日溜灣康熙四十五年攝縣同知孫元衡撥置洲園四十甲爲義學膏火後被水冲陷乾隆五年知縣何備清出止存園六甲六分七釐五毫二絲充爲 文廟香火

彰化縣學田

一在猫霧捒保土名凹餅莊計下則田五十九甲八釐零年共徵租粟 石 斗 升零折收銀 百 十 兩 錢 分零內除完納正供耗羨匀丁等費外實剩租銀一百四十一兩二錢一釐零充爲義學師生束脩膏火之費雍正六年知縣湯啓聲置

一在猫霧捒保土名阿河巴莊計 則田一十六甲七分年共徵租穀 石 斗零折收銀 十 兩 分 零除完納正供耗羨匀丁等費外實收租銀六十兩乾隆 年本莊業戶張振萬名下張達京捐置

續脩臺灣府志卷之八終

續脩臺灣府志卷之九

欽命巡視臺灣朝議大夫戶科給事中紀錄三次六十七 同脩
欽命巡視臺灣朝議大夫雲南道監察御史加一級紀錄三次范 咸
分巡臺灣道兼提督學政覺羅四明
臺灣府知府余文儀 續脩

武備一 營制 營署 卹賞

國家昇平百年德威遐播武備不因脩文而廢凡以固疆圉輯民人薄海內外有備無患矣臺灣爲東南數省藩籬規制尤爲嚴密旣更班以分戍而操練彌勤賞賚更渥水陸戎行屯雲集鵠義勇聞奮起於鄉閭舟楫並精嚴於規畫其所以講習於無事之時防維於太平之日者制稱盛焉豈曰山海敉寧武備可以或弛耶志武備

營制

臺灣鎮標中左右三營

掛印總兵官一員 雍正十一年議准照山西陝西沿邊之例爲掛印總兵給方印駐劄臺灣府城康熙六十年兵部議移臺鎮駐澎湖臺灣請改設副將巡臺御史黃叔璥奏准仍如舊制

中營中軍遊擊一員 駐防臺灣府中路口 守備一員 千總二員 把總四員 步戰守兵九百一十名 內地按班撥戍

左營遊擊一員 駐防臺灣府北路口 守備一員 千總二員 內一員雍正十一年添設 把總四員 內一員雍正十一年添設 步戰守兵九百三十名 內地按班撥戍

右營遊擊一員駐防臺灣府南路口 守備一員 千總二員 把總四員 步戰守兵九百三十名內地按班撥戍

臺灣城守營左右二軍雍正十一年添設

參將一員駐防臺灣府城 左軍守備一員駐防岡山汛兼轄山頭山腰山尾狗勻崑南安店等塘 千總一員與駐臺把總遞年輪防羅漢門兼轄猴洞口汛 把總二員一員與千總遞年輪防羅漢門兼轄猴洞口汛一員駐防岡山汛兼轄山頭山腰山尾狗勻崑南安店等塘 步戰守兵五百名內地按班撥戍內以一百八十名分防岡山汛及山頭山腰山尾狗勻崑南安店等塘以八十名分防羅漢門及猴洞口汛以五十名撥防康蓬林汛大湖半路竹等塘以五十名撥防鹽水浦汛港岡角帶圍瀨口塗墼埕等塘 右軍守備一員駐防下加冬汛兼轄哆囉嘓汛烏山頭八槳溪急水溪鐵線橋等塘 千總一員駐防府治 把總二員一員駐防下加冬汛兼轄哆囉嘓汛烏山頭八槳溪急水溪鐵線橋等塘一員分駐佳里興汛及茅港尾水堀頭茇仔林等塘 步戰守

兵五百名內地按班撥戍內以一百三十三名分防下加冬汛及哆囉嘓汛烏山頭八槳溪急水溪鐵線橋等塘以二十七名撥防佳里興汛及茅港尾水堀頭茇仔林等塘以五十名分防加溜灣汛及溪邊水柵柴頭港水仔尾等塘以五十名撥防大穆降汛蔦松小橋等塘以五十名撥防舊社汛大灣崁下等塘

南路營

參將一員駐防鳳山縣 都司一員雍正十一年添設分防下淡水駐劄山猪毛口堵截生番兼防河里港等汛 守備一員駐劄鳳彈分防下埤頭等汛 千總三員內一員雍正十一年添設一員駐防鳳山縣一員分防新園等汛一員分防觀音山汛 把總六員內二員雍正十一年添設一員駐防鳳山縣一員駐劄鳳彈分防下埤頭汛一員駐劄山猪毛口堵截生番兼防阿里港等汛一員防守萬丹等汛一員分防觀音山石井汛一員分防攀桂橋汛 步戰守兵一千五百名內地按班撥戍原一千名雍正十一年添五百名內以五百名駐防鳳山縣汛以二百五十名駐劄鳳彈分防下埤頭等汛以三百名分防下淡水駐劄山猪毛口堵截生番兼防阿里港等汛以一百五十名分

防新圍等汛以五十名防守萬丹等汛以二百五十名分汛防守遊巡南路地方

北路協標中左右三營

原止一營雍正十一年分設

副將一員原係參將雍正十一年改設駐劄彰化縣中軍都司一員駐劄彰化縣

左營守備一員駐劄諸羅縣右營守備一員駐劄竹塹千總六員內四員雍正十一年添設一員隨防彰化縣治一員分防猫霧捒汛一員分防斗六門等汛一員分防笨港汛一員駐劄竹塹一員分守後壠把總十二員內八員雍正十一年添設一員分防柳樹湳汛一員分防南北投汛一員分防燕霧汛一員分防蓬山等汛兼遊巡牛罵沙轆大肚等處二員駐劄諸羅縣治一員分防石榴班汛一員分防鹽水港二員駐劄竹塹一員分駐中港一員分防南嵌淡水等處步戰守兵二千四百名內地按班撥戍原止一千一百二十名雍正十一年添一千二百八十名以四百四十名駐劄彰化縣治以二百一十五名分防猫霧捒汛以八十五名分防南北投汛以一百名分防柳樹湳汛以五十名分防燕霧汛以一百名分防蓬山等汛兼遊巡牛罵沙轆大肚等處以四百七十名駐劄諸羅

縣治以一百名分駐斗六門等汛以三十名分守石榴班汛以一百五十名分防笨港汛以六十名分防鹽水港以五百名駐劄淡水廳治以五十名分防中港以一百名分防後壠以五十名分防南嵌淡水等汛

淡水營

都司一員舊駐淡水港今移駐艋舺渡頭千總一員輪防艋舺渡頭把總二員內一員雍正十一年添設一員輪防海山口汛兼轄砲臺北港小雞籠等塘一員輪防大雞籠汛兼轄大雞籠港金包裹等塘步戰守兵五百名內地按班撥戍內以二百九十八名駐防艋舺渡頭兼轄長道坑烟墩霄裏等塘以七十名分防海山口汛兼轄砲臺北港小雞籠等塘以一百二十名分防大雞籠汛兼轄大雞籠港金包裹塘戰船二隻大雞籠港二隻波二波四○舊淡水港四隻乾隆十二年裁

安平水師協標中左右三營

副將一員駐劄安平鎮汛

中營遊擊一員分巡鹿耳門外中路洋面守備一員輪防內海鹿耳門汛千總

二員內一員分防內海安平鎮汛一員分防外海蚊港汛兼轄外海北門與馬沙溝青鯤身等汛把總四員內一員分防內海安平鎮汛一員輪防內海安平鹿耳門汛一員分防內海鹽水港汛一員分防外海大港汛兼轄外海鯤身頭蟯港等汛步戰守兵八百五十名內地挨班撥戍以四十名隨防安平鎮以八十五名分防內海安平鎮汛以一百五十名輪防內海鹿耳門汛以一百二十名分防內海鹽水港汛以九十五名分防外海蚊港汛兼轄外海北門與馬沙溝青鯤身等汛以六十名分防外海大港汛兼轄外海鯤身頭蟯港等汛以九十名撥隨副將出洋總巡以一百六十名分巡鹿耳門外中路洋面以五十名貼防北路營半線汛戰船一十八隻內海安平鎮汛七隻鹿耳門汛三隻外海蚊港汛二隻大港汛一隻撥隨副將出洋總巡二隻分巡鹿耳門外中路洋面四隻平一平二平三平四平五平六平七平八平九平十平十一平十二平十三平十四平十五平十六波七波八砲架八座鹿耳門汛砲臺七座外海蚊港汛四座大港汛三座烟墩十一座外海蚊港汛六座大港汛五座

左營遊擊一員駐防安平鎮汛守備一員分防內海笨港汛千總二員內一員雍正十一年添設一員駐防安平鎮汛一員分駐內海安平鎮汛兼轄內海水城海口汛把總四員內一員雍正十一年添設一員分防內海蚊港汛一員分防內海笨港汛一員分防內海三林港汛一員分防內海鹿仔港汛兼轄鹿仔港砲臺步戰守兵八百名內地按班撥戍內以一百名駐防安平鎮汛以七十名隨防安平鎮城以一百三十名分防內海安平鎮汛兼轄內海水城海口以一百三十名分防內海笨港汛以十名撥防內海猴樹港汛併海豐港砲臺以五十名分防內海三林港兼轄三林港砲臺以九十名分防內海鹿子港汛兼轄鹿子港砲臺以四十名撥隨副將出洋總巡以一百八十名撥巡本汛洋面戰船一十八隻安平鎮汛七隻笨港汛三隻三林港汛一隻鹿子港汛二隻撥隨副將出洋總巡一隻撥巡本汛洋面四隻定一定二定三定四定五定六定七定八定九定十定十一定十二定十三定十四定十五定十六定十七定十八波五波六砲架八座安平鎮汛內有銅砲一座偽鄭所遺砲臺七座安平鎮汛三座笨港汛一座海豐港汛一座三林港汛一座鹿子港一座烟墩

十一座安平鎮汛七座笨港汛一座海豐港一座三林港一座鹿子港一座

右營遊擊一員駐防安平鎮汛守備一員分巡本汛洋面千總二員一員駐防安平鎮汛一員分防打鼓岐後西溪東港淡水港汛洋面把總四員內一員雍正十一年添設一員隨防安平鎮城一員輪防鹿耳門汛二員分防外海打鼓汛兼轄岐後萬丹西溪東港淡水港茄藤港放縩大崑麓等汛步戰守兵八百五十名內地按班撥戍內以一百名駐防安平鎮汛以七十名隨防安平鎮城以一百五十名輪防內海鹿耳門汛以一百三十名分防外海打鼓汛兼轄岐後萬丹西溪東港淡水港茄藤港放縩大崑麓等汛以一百二十名分防打鼓岐後西溪東港淡水港汛洋面以五十名撥隨本標右營遊擊出洋總巡以一百八十名分巡本汛洋面以五十名貼防北路營半線汛戰船一十八隻安平鎮汛六隻鹿耳門汛三隻打鼓汛二隻分防打鼓岐後西溪東港淡水港汛洋面三隻撥隨本鎮標左營遊擊出洋總巡一隻分巡本汛洋面四隻澄一澄二澄三澄四澄五澄六澄七澄八澄九澄十澄十一澄十二澄十三澄十四澄十五澄十六澄十七澄十八砲架十四座鹿耳門汛七座安平鎮汛七座砲臺五座打鼓汛煙墩二十一座安平鎮汛十座打鼓汛十一座

澎湖水師協標左右二營

副將一員駐劄澎湖

左營遊擊一員駐防內海媽宮汛守備一員分巡八罩洋面千總二員一員駐防媽宮汛一員分防外海蒔裏汛兼轄雙頭跨風櫃尾文良港龜鼊港等汛把總四員二員駐防媽宮汛一員輪防媽宮澳新城內海港口一員分防外海八罩汛兼轄外海八罩挽門水垵將軍澳等汛併將軍澳砲臺步戰守兵一千名內地按班撥戍內以二百二十七名駐防內海媽宮汛以二十八名輪防內海媽宮澳新城內海港口以七十八名撥防內海媽宮澳新城東港并港口以二百八十四名分防外海八罩汛兼轄外海八罩挽門水垵將軍澳等汛併將軍澳砲臺以一百三十五名分防外海蒔裏汛兼轄雙頭跨風櫃尾文良港龜鼊港等汛以一百一名撥隨副將出洋總巡以一百四十七名分巡八罩洋

面戰船一十七隻（媽宮汛七隻撥防內海媽宮澳新城東港并港口一隻分防外海八罩汛二隻分防外海嵵裏汛二隻撥隨副將出洋總巡二隻分巡八罩洋面四隻乾隆二十五年內裁一隻綏一綏二綏三綏四綏五綏六綏七綏八綏九綏十綏十一綏十二綏十三綏十四綏十五綏十六綏十七）砲臺六座（媽宮澳一座八罩汛三座嵵裏汛二座）烟墩六座（八罩汛三座嵵裏汛三座）

右營遊擊一員（駐防內海媽宮汛）守備一員（分巡西嶼頭洋面）千總二員（一員駐防媽宮汛一員分巡外海大北山瓦硐港赤崁澳通梁港等汛）把總四員（二員駐防媽宮汛一員分防媽祖澳港口一員分巡外海西嶼頭內外塹兼轄竹篙灣緝馬灣小門等汛）步戰守兵一千員（內地按班撥戍內以三百三十三名駐防內海媽宮汛以五十六名撥防媽祖澳新城併內海新城西港以五十名分防內海媽祖澳港口以一百七十三名分巡外海西嶼頭內外塹兼轄竹篙灣緝馬灣小門等汛以一百名分巡外海大北山瓦硐港赤崁澳通梁港等汛以九十名撥隨副將出洋總巡以一百九十八名分巡西嶼頭洋面）戰船一十六隻（媽宮汛九隻媽祖澳港口一隻分巡外海西嶼頭內外塹等汛一隻分巡外海大北山瓦硐港等汛一隻隨副將出洋總巡二隻分巡西嶼頭洋面四隻乾隆二十五年內裁一隻寧一寧二寧三寧四寧五寧六寧七寧八寧九寧十寧十一寧十二寧十四寧十五寧十六綏十八）砲臺三座（外海西嶼頭）烟墩六座（外海西嶼頭五座大北山瓦硐港一座）

武職共一百一十四員 戰守兵一萬二千六百七十名 戰船八十九隻

附錄

康熙二十二年

上諭吏兵二部向來海寇竄踞臺灣出沒島嶼窺伺內地擾害生民雖屢經勦撫餘孽猶存沿海地方烽烟時警邇者滇黔底定逆賊削平惟海外一隅尚梗王化爰以進勦方略咨詢廷議咸謂海洋險遠風濤莫測長驅制

勝難計萬全朕念海氛不靖則沿海兵民弗獲休息特
簡施琅爲福建水師提督前往相度機宜整兵進征該
提督忠勇成性韜鈐夙裕兼能洞悉海外形勢力任勦
期可奏蕩平遂訓練水師整頓戰艦揚帆冒險直抵澎
湖鏖戰力攻大敗賊衆克取要地立奏膚功餘衆潰遁
臺灣慴服兵威乞降請命已經納土聽候安插自明朝
以來逋誅賊寇始克殄除瀕海遐疆自茲寧謐此皆該
提督矢心報國大展壯猷籌畫周詳布置允當建茲偉
伐宜沛殊恩施琅着加授靖海將軍封爲靖海侯世襲
罔替以示酬庸前進勦雲南官員各加一級兵丁賞賚
一次頃因該提督所統官兵出海進勦勤勞堪念已經

照雲南例加級賞賚復思官兵遠抵臺疆冒險勦寇非
滇黔陸地用兵可比在事官員着再各加一級兵丁再
賞一次以示特加優渥至意

雍正元年

上諭臺灣地方自古未屬中國
皇考以聖略神威取之載入版圖逆賊朱一貴等倡亂占
據臺地
皇考籌畫周詳指授地方官員遣調官兵七日之內勦滅
數萬賊衆克復全臺
皇考當春秋高邁威揚海外功德峻偉官兵感戴
皇考教養之恩奮勇攻取甚屬可嘉固不必援引前例彼

亦不得爲例茲與副
皇考從優議叙之官員現行議叙功加之外着概行各
加一等總督滿保雖有失陷地方之罪但一聞事發即
親往厦門撫慰衆心遵依
皇考指示調遣官兵七日之內克復臺灣滿保着兼兵部
尚書銜提督施世驃統領大兵徑渡海洋鼓勵將士屢
經大戰擊敗賊衆七日之內克復全臺厥功甚大施世
驃着給與世襲頭等阿達哈哈番總兵藍廷珍曾協助
施世驃藍廷珍着給與世襲三等阿達哈哈番水師營
副將許雲失陷臺灣非關伊罪奮勇前進多殺賊衆身
又陣亡着給與拜他拉布勒哈番衆將羅萬倉遊擊游
崇功俱係陣亡羅萬倉游崇功着給與拖沙拉哈番歐
陽凱着追贈太子少保

又

上諭兵部進藏及克復臺灣有功人員其現任者俱已邀
恩議叙惟已經身故者未得議叙同爲國家立功之人
乃以身故之後不得均霑恩卹朕心深爲憫惻爾部着
即酌加議叙著爲定例以副朕褒録有功之至意欽此
遵
旨議准將立功身故之副將遊擊守備千總把總二十一
員均准廕一子監生給與執照其官兵陣傷者頭等傷
給銀三十兩二等傷給銀二十五兩三等傷給銀二十

兩四等傷給銀十五兩五等傷給銀十兩其兵丁身故
者照陣亡例給與祭葬銀兩

雍正二年

上諭前往臺灣換班之兵丁守戍海外巖疆糧餉在臺灣
支給伊等所留家口若無力養贍則當差之兵丁必致
分心苦累朕甚爲軫恤每月着戶給米一斗以資養贍
內地米少則動支臺灣所貯米石合計船價僱募運至
厦門交與地方官躬親按戶給發務使均沾實惠

雍正五年

上諭臺灣防汛兵丁例由內地派往更換而該營將弁往
往不肯將勤慎誠實營伍中得力之人派往是以兵丁
到彼不遵約束多放肆生事此乃歷來積弊朕知之甚
悉嗣後臺灣換班兵丁着該管官弁將勤慎可用之人
挑選派往倘兵丁到彼有生事不法者或經發覺或被
駐臺官員參出將派往之該管官一併議處如此則各
營派撥兵丁不敢苟且塞責而海疆得防汛之益矣

雍正六年

上諭臺灣總兵王郡奏稱臺灣換班兵丁例由內地派撥
而其中有字識桅工繚手斗手碇手等人向來多係僱
募本地之人冒頂姓名並非實有兵丁更換至字識桅
繚斗碇等務換班兵丁不能通曉請照隨丁之例就地
招募給以糧餉等語此事從前總兵俱未經陳明王郡

能據實奏明甚爲可嘉但朕思海洋操練水師惟柁繚斗碇關係最爲緊要凡在船兵丁之身命皆操於數十人之手若不更換內地兵丁而常令彼地之人執司其事似有未便朕意柁繚斗碇等務兵丁雖未能驟熟但未嘗不可學習而能應於換班之內挑選兵丁隨現今僱募之人學習如僱募有三十名即於兵丁內挑選三十名隨彼學習三年換班之時將僱募之人裁省留此習熟之三十名兵丁教習後班之兵丁此所留兵丁至六年然後換班後班兵丁皆照此例留換則新舊更番迭相傳習皆可熟知柁繚斗椗諸務矣此事着史貽直會同高其倬劉世明妥議具奏又王郡奏稱赴臺兵丁

向例俱將一營之數十人分散數處戍守難以訓練嗣後請勻撥一處等語所奏甚是但從前何以分散防守或有別故亦未可定亦着史貽直會同高其倬等查明
奏聞欽此遵
旨議准嗣後臺灣各水師營碇繚斗三項揀選兵丁學習更換以六年爲期著爲定例如各營將弁不勤加查管訓練以致操駕生疏及仍有隱瞞不換者一經察出將該管將備千把照溺職例革職總督提督總兵官交部嚴加議處其柁工尤關緊要各船正柁准以九年爲滿令其更換再有杉板工一項專管駕駛杉板小船亦照碇繚斗一例教習更換其字識仍照舊例三年爲滿但

內地各營送往更換時令水師提督親加考驗如各營
將不能書寫之人充數即會同總督將該管將備叅處
其舊時字識總兵副將衙門暫留二人叅遊以下暫留
一人再限六箇月令將各項舊案糧冊詳細交代明白
方令各回內地至臺灣十一營兵丁俱從內地五十二
營派撥其更換之時必令一營之兵丁分散防禦不令
彼此私相聯絡立法之初實有深意應仍照舊例遵行

又

上諭駐臺兵丁軍器誠爲緊要但此項軍器悉係各營自
行製備是以易於破壞然將內地精良之器給與臺軍
亦非善策嗣後換臺兵丁軍器着該督撫於存公銀內

動支製造務必堅利精良該督撫驗看給發俟兵丁至
臺之日該巡視御史會同該鎮查驗點收倘有不堪使
用者巡視御史等即據實題叅將該督撫及承辦官交
部議處如三年之內有應更造者亦令該督撫製造給
送

雍正七年

上諭福建臺灣戍守之兵丁其父母妻子留在內地前已
加恩每月給與米糧以爲養贍之資聞臺兵向例每月
將所領錢糧扣留五錢於內地爲養贍家口之用朕思
兵丁遠涉海洋所得餉銀又復扣除以養家口恐本身
用度或有不敷今沛特恩於駐臺之兵丁每年賞銀四

萬兩爲內地養贍家口之用着總督等均勻分派按期給發俾兵丁本身食用既得寬舒而父母妻子之在內地者又得養贍以示朕恤兵賞勞之至意

乾隆五年

上諭福建臺灣換班兵丁遠戍重洋向蒙

皇考聖心軫念於本身應領月餉外添賞伊家口留住內地者每月米一斗銀二錢八分零以資養贍誠爲格外之恩今朕聞得班兵更換之時一切行李衣裝不能無費甚爲拮据每於本營私派幫貼而後啟行是行者居者均有未便可寄信與總督德沛令其將閩省生息銀兩查算餘剩之數每年共計若干即於此項內分別班

兵路途遠近賞給往來盤費永禁營中幫貼之弊庶於內外兵丁均有裨益

乾隆九年

上諭外省鎮將等員不許在任所置立產業例有明禁在內地且然況海外番黎交錯之地武員置立莊田墾種取利縱無佔奪民產之事而家丁佃戶倚勢凌人生事滋擾斷所不免朕聞臺灣地方從前地廣人稀土泉豐足彼處鎮將大員無不創立莊產召佃開墾以爲已業且有客民侵佔番地彼此爭競遂投獻武員因而踞爲已有者亦有接受前官已成之產相習以爲固然者其中來歷總不分明是以民番互控之案絡繹不休若非

徹底清查嚴行禁絕終非寧輯番民之道着該督撫派
高山前往會同巡臺御史等一一清釐凡歷任武職大
員創立莊産查明并無侵佔番地及與民番并無爭控
之案者毋論係本人子孫及轉售他人均令照舊管業
外若有侵佔民番地界之處秉公清查民産歸民番地
歸番不許仍前朦混以啟事端此後臺郡大小武員創
立莊産開墾艸地之處永行禁止倘有託名開墾者將
本官交部嚴加議處地畝入官該管官通同容隱並行
議處

定例總兵官三年俸滿請
旨陞
見副將三年限滿給咨引
見參將遊擊都司守備二年限滿咨部推轉千總把總三
年限滿赴省候文推補其兵丁由內地三年按班抽換
不准就地推補又新例武職四十無子者亦准搬眷與
文職同

雍正十一年總督郝玉麟奏准臺屬民壯俱係無賴流
寓之人每多滋事擾害良民除原撥澎湖通判臺灣府
經歷臺鳳諸彰四縣典史民壯共四十四名照舊存留
供役外其道府同知知縣共民壯三百五十六名悉行
革退編入保甲將原給器械追繳貯官即於鎮標營兵
內酌量撥給道員二十四名知府二十名臺同知十五

名淡同知二十四名寔 屬諸彰四縣各二十名以資護衛巡查

乾隆三年奏准嗣後臺地如有民人不法等事許令武員移送地方官究治如兵丁生事滋擾許文員關會營伍責懲如有彼此推諉者照例罰俸一年并飭令各該地方官汛防員弁實力奉行彼此按月稽查取具并無兵民滋擾印結轉報該上司查核如或有意徇縱將該地方官照徇庇例議處

前此覆轍患在兵虛將惰而虛兵之原皆由臺地招兵換名頂替蓋兵從內地抽撥逃亡事故不爲申報每至放餉即留餉以飽私槖即有召募強半市井亡賴空名掛籍含混欺朦則主帥大府之過也當責總兵不時清

釐使隨丁悉照定例空糧悉行撥補無籍之人一名不得妄招到伍之兵一名不得頂替則虛冒之弊可除兵既充伍而訓練尤所當亟講者撥換入班即宜配明隊伍將統弁弁統隊隊統卒清查器械不足者補之不精良者淬礪之按期操演各營將操期并演何技勇逐月彙報務使兵與將習手與器習而後可以分汛又當斟酌變通臺地遼濶大汛駐兵一二百名或數十名究之官多離汛兵多聚賭有汛防之名無守望之實多兵亦奚益乎防汛分作幾處勻作幾班統以該汛弁目於本汛鄉莊市鎮山口港隘分地劃界巡哨偵探有事則飛

報本營酌量調遣追捕無事則遠者一月一換近者半月一換歇換之兵歸營操練更番戍守人無偏勞聲息可以時通庶賣汛舊弊自此絶矣巡哨海口責之水師遠近島嶼必明港澳險易叢雜交錯之區上下風濤必察灣泊向背取水候風之所善其舟楫械器實其行陣擊刺定其遊巡往來毋潛伏內港空文申報駕駛既熟乘風自易則整練平時可資備禦出師勦捕可成勁旅寧有兵虛將惰之患哉赤嵌筆談

萬曆二十年倭犯朝鮮二十五年增設澎湖遊兵四十五年倭犯龍門港增銜鋒遊兵其地環衍可二百餘里地斥鹵水鹹澀常燠多風稼穡差艱峙正中者曰孃宮嶼從西嶼入二十里爲茶盤又十里卽孃宮嶼矣波平浪息無溯犇激射之勢其狀如湖因曰澎湖寬可泊船面爲案山右爲西安各置小城列銃爲守名曰銃城又左爲風櫃山高七八尺紅毛凹其中上壘土若雉堞今毀其城仍分軍戍守與案山西安相犄角東爲蒔上澳豬母落水最當南之衝由陸趨孃宮三十餘里舊有舟師戍守今更築銃城以防橫突又東南向爲鎖管港林投仔龍門青螺諸澳龍門有原泉舊爲居民聚落萬曆三十五年倭突犯泊此嶼西爲西嶼頭有果葉澳泉甚冽可飲稍北爲竹篙澳又西爲蝟仔灣又西北爲丁字門水吼門今皆有兵戍守嶼北爲北山墩又北太武稍

阜為赤嵌循港而進為鎮海港壘城於此又西北為吉貝嶼又北太武與中墩稱兩太武俱最高便於瞭望娘宮稍後二里有穩澳山頗平坦自萬歷三十七年紅毛一舟闌入澎湖久之乃去天啟二年高文律乘戍兵單弱以十餘船突擄澎島遂因山為城環海為池破浪長驅肆毒漳泉總兵俞咨臯移紅毛於北港即臺灣乃復澎湖議於穩澳山開築城基大石壘砌高丈有七厚丈有八東西南留三門北設銃臺一座內蓋衙宇營房鑿井一口戍守於此以控制娘宮方輿紀要

澎湖出洋巡哨由媽宮澳開駕向西至西嶼頭經內塹外塹復收泊西嶼頭內大果葉登岓大果葉二里左為緝馬灣右為小果葉南四里至內塹按季輪撥千把各

一員澳口礮臺一東山頂烽臺三內塹西南三里左為塹澳口礮臺一西山頂烽臺三再北徑緝馬灣小果葉八里至小池角西北四里至大池角十五里至小門礮臺一烽臺一四里至鴿界頭橫礁三里至竹篙灣仍回至大果葉十里登舟由內港駕至北山瓦硐港寄泊登岓四里至通梁三里至後寮二里至大北山山頂瞭望北為吉貝嶼姑婆嶼土地公嶼與鐵砧嶼目嶼白沙仔嶼險礁東為灣貝嶼藍笨仔嶼鳥嶼雞膳嶼碇齒嶼欲赴吉貝各嶼須出吼門往北若逆流逆風未可駕駛瓦硐港四里至大赤嵌社南有塘汛按季輪撥千把各一員

一里至小赤嵌三里至港仔東二里即崎頭東南一里至鎮海三里至港尾二里至城前仍至瓦硐港登舟從吼門出洋哨船由西嶼頭外收入内垵寄泊回媽祖宫澳再媽祖宫澳開船出哨由西往南經雞籠嶼四角仔桶盤嶼虎井直抵八罩經雞籠澳入挽門汛南北風可泊五六船按季輪撥千把各一員汛後山頂礮臺一由塘口往西南一里至網垵南爲半坪嶼頭巾礁鐵砧嶼脖仔嶼西南爲大嶼西北爲花嶼貓嶼船嶼西北半里至甕菜堀北四里至花宅四里至水垵垵口北礮臺一南風時可泊船復回挽門汛東隔半里爲將軍澳與挽門汛對峙立冬後可泊四五船東臨海有石山名船帆嶼山頂礮臺一向北爲金雞嶼南北風俱可泊船在將軍澳後北有馬鞍嶼由挽門登舟出金雞嶼口往東南至東吉西吉鋤頭精嶼至文良港駕回經過鎖管港豬母落水虎井嶼裏風櫃尾雞籠嶼四角仔回媽祖宫澳　陸巡由媽祖宫澳四里至湇澳有巡檢司三里至東衛五里至大城北三里至隘門仔一里至林頭仔按南香爐嶼鼓架礁四里至尖山仔一里至文良港東鼻頭烽臺一可望陽嶼陰嶼北五里至果葉仔二里至奎壁港北三里即奎壁港山西三里白灣坑一里至湖東二里至湖西五里至紅羅罩北三里至青螺仔紅羅罩半里至西溪仔南三里至大武仔西三里至港底北一里至東石六里至沙港頭南三里至鼎

灣西北三里至中墩嶼潮退可通西南二里至潭邊南二里至港仔尾三里至蚱脚嶼二里至東衛四里至西衛三里至後堀潭四里至媽祖宮澳　再陸巡用大杉板往蒔裏山後登岴蒔裏澳口礮臺一山頂烽臺一五里至風櫃尾澳口礮臺一烽臺一東二里至井子垵東南四里豬母落水東北二里鎖管港西北一里雞母塢北五里至鐵線尾八里至烏崁五里至雙頭掛與大城北相對三里至菜園三里至瑁澳回媽祖宮澳赤嵌筆談

澎湖遠在海外內澳可容千艘周遭平山為障止一隘口進不得方舟令賊得先據所謂一夫守險千人不能過者也矧山水多礁風信不常吾之戰艦難久泊矣而曰可以攻者否也若民居恃險為不軌乃徙而處其地今不可以民實之明矣若分兵以守則兵分為弱遠輸為貧且絕島孤懸混茫萬頃脫輸不足而援後時是委軍以予敵也而曰可以守者否也亦嘗測其水勢沉舟則不盡其深輸石則難扞其急而曰可以塞者亦非也惟峻接濟之防而數陸整旅以需其至則賊既失其所恃詎能為久頓謀哉圖書編

南路自大岡山以下至下淡水瑯𤩝社北路自木岡山以上至上淡水雞籠城其間如鳳山傀儡山諸羅山半線山皆扼野番之衝為陸汛所必防如下淡水硫磺溪大線頭鹿仔港皆當入海之道為水汛所必守至雞籠

淡水乃臺灣極北之島突處海中毗連番社後壠一港與南日對峙即興化港口也後壠而上一百廿里爲竹塹社對海壇鎮竹塹而上一百五十里爲南嵌社對峙關㠉即福州閩安港口自南嵌至上淡水七十里對北膠淡水至雞籠三百里對沙埕烽火門皆浙江省界也大洋之外紅夷出入之路而又遠隅郡城港道四達往來一帆直上僞鄭設重兵於彼雖曰遠禦紅夷實恐我師從福興分出以襲其後也雞籠至閩安不過七八更水程若閩安興化等港聽商人往來貿易非止利源通裕萬一意外之警則廈門澎湖之師以應其前福泉興化之船以應其後首尾呼應緩急可恃東寧政事集

臺灣環海依山欲內安必先守山欲外寧必重守水守山之法勞而易守海之法逸而難蓋陸地之防惟在嚴斥堠愼盤詰實心衛民勿以擾民不過得其人以任之而已水地之防必資於船多設船則有篷桅纜碇脩葺之工費歲需不貲是在主計者之持策也蓋臺灣善後之計莫急於增兵增兵自不得不增餉若僅駐鎮於郡駐協於安平南北兩路兵單汛薄恐未雨之憂不在鹿耳而在海港山社之間矣諸羅雜識

臺灣水陸制兵盈萬費綦重矣乃澎湖安平之兵居其半水師汛重不容以覈減臺灣之兵居其半陸路汛廣又不得不議增然有可節省之道至便之術亦持籌者

所必講也臺灣原有官莊即可為屯田其佃即可為屯兵不過加以訓練明其節制或倣古者耕七調三或立在要地屯守寓兵於農之中非特兵無跋涉歲免度支已也歷觀名臣奏議所以守邊之衆多取土著以土著宜於水土明於地勢而又欲自保其身家則守禦必周且聞名將用兵不取農人號為生力兵則以性質稚魯手足強健雖風雨奔馳可無倦乏耳今議舊設制兵仍用內地更代增設之兵就臺另立屯田可以相資則兵力愈強而巡防彌周矣（理臺末議）

陸師重馬力水師重舟力戰陣之時務爭上風而運轉不靈不能占居上風堅持不重或反退居下風此雖人力全在良舟然匠人為舟固守繩尺及駕中流而快利遲鈍之用乃見同時發棹而前後入港之日頓殊者何也蓋木之本質不類（如鐵木為桅遇波濤乃不搖動餘則否）輕重亦異（木老則堅而重否則輕）必得良材輕重配合如人一身筋骨相配然後善於運動也故水師必講於造舟者此其一也水師之灣泊猶陸師之安營凡水師不能於外洋覓戰皆於近港交鋒所以灣泊之處即是戰爭之場我舟先至利在居要以爭上風然風信難憑透發之後往往轉變先要泊穩倘一澳中有南風澳北風澳不同則寧泊南風澳以待此又老將之持重不可執一而論也故水師必明於灣泊者此其一也水師之入港猶陸師之克城凡

港門爲賊所守而險隘在爲賊所持兵法有挾制其險而攻其虛之說以險處多虛故險可制而虛可攻耳故水師必詳於入港者此其一也此水師之大概也而其要在機曰扼要曰伺隙曰察變曰虛中四者夫扼要則握其權矣伺隙則分其力矣察變則奪其守矣虛中則避其害矣此所以能於衽席之上以過吾師克期取敵無疑也要而言之師之用在舟舟之用在水水之用在風舟與師相習風與水相遭其用在於變而通之以盡利神而明之存乎其人同上

營署

鎮守臺澎掛印總兵官在府治鎮北坊西南向由大門入儀門大堂二堂西廊廂房東爲花廳又東爲箭道有箭亭大較場在北門外柵欄轅門鼓亭俱備中軍中營遊擊在府治永康里中軍守備署在中營右左營遊擊在府治鎮北坊中軍守備在鎮北坊右營遊擊在府治東安坊中軍守備在府城東門內乾隆元年新建

臺灣城守營參將在府城北門外左軍守備在岡山右軍守備在下茄冬

南路營參將在鳳山縣興隆莊縣治之後都守在下淡水中軍守備在參將署後較場在北門外

北路營副將在彰化縣治中軍都司在猫霧拺較塲在南門外左營守備在諸羅縣治較塲在西門外右營守備在竹塹較塲在南門內

淡水都司舊在八里坌乾隆二十四年都司吳順移駐艋舺渡頭

臺灣水師副將在安平鎮北向頭門內大堂二堂門外鼓亭轅門俱備乾隆五年協鎮王清建右畔花廳一座七年協鎮林榮茂改爲二座中營遊擊在安平鎮中軍守備在本營內左

營遊擊（在安平鎮）中軍守備（在本營內）右營遊擊（在安平鎮）中軍守備（在安平鎮）較場（在安平鎮城南乾隆十四年副將沈廷耀於演武廳後增建內堂一座）

澎湖水師副將（在澎湖大山嶼媽宮澳）左營遊擊（在媽宮東）中軍守備（在遊擊署東）右營遊擊（在媽宮後）中軍守備（在媽宮東）較場（在媽宮澳）

恤賞

賞銀兩臺澎一處領到本銀槩就臺郡購置田園糖廍魚塭等業各協營遴員經理於冬成徵收稅穀糖觔稅銀其應納各縣正課仍依民間則例交納所獲租息以六分存留營中賞給兵丁遊巡及有病革退并兵弁拾骸扶櫬等盤費以四分解交臺灣府劃兌藩庫備賞戍兵昏屬吉凶事件所截六分租息每年除賞卹外所有盈餘存貯賞給期滿換回班兵盤費其出入數目按年造冊送督撫提督藩司核查（雍正八年臺彭總鎮王郡奏准恩給營中恤）

鎮標三營兵二千七百七十名共領帑銀五千五百四十兩

城守營兵一千名共領帑銀二千兩

南路營兵一千五百名共領帑銀三千兩

北協三營兵二千四百名共領帑銀四千八百兩

淡水營兵五百名共領帑銀一千兩

安平水師三營兵二千五百名共領帑銀五千兩

澎湖水師二營兵二千名共領帑銀四千兩

恤賞則例

一兵丁娶妻及子女婚嫁各賞銀三兩

一兵丁父母本身及妻亡故各賞銀四兩

一故弁扶柩回籍照依每員名下支食養廉名糧計算每名賞銀四兩如係十名賞銀四十兩照此類推

一故兵遺骸班滿隊日拾運回籍安葬分上下游給賞運費上游賞銀三兩下游賞銀一兩五錢如同標營一起拾運三名以上者各減賞銀三錢水師有營船可以帶運每名止賞銀一兩

一病兵辭退革伍回籍者照站給賞盤費每站賞銀四

分遊巡兵丁毎名毎日賞銀一分五釐

一期滿班兵換回內地分上中下游給賞盤費上游賞

銀二兩中游賞銀一兩五錢下游賞銀一兩

續修臺灣府志卷之九終

續修臺灣府志卷之十

欽命巡視臺灣朝議大夫戶科給事中紀錄三次六十七　同修
欽命巡視臺灣朝議大夫雲南道監察御史加一級紀錄三次范　咸

分巡臺灣道兼提督學政覺羅四明　續修
臺灣府知府余文儀

武備二　官秩

官秩

臺灣總鎮

楊文魁　奉天人正黃旗叅領康熙二十三年任二十六年陞本旗副都統

王化行　陝西咸寧人庚戌武進士康熙二十七年任秩滿調湖廣襄陽鎮

穆維雍　奉天人鑲黃旗叅領康熙三十四年任

王國興　陝西寧夏人行伍康熙三十四年任

王萬揮　陝西會寧人行伍康熙三十六年任陞本省陸路提督

張玉麟　陝西榆林衛人世襲阿達哈哈番康熙三十七年任秩滿改調福寧鎮

李友臣　陝西安定人行伍康熙四十一年改調漳州鎮

王傑　易州人正白旗蔭生康熙四十四年任

王元　晉江人行伍康熙四十六年卒于官

崔相國　河南人行伍康熙四十七年任

姚堂　山東人福建籍康熙五十一年任

歐陽凱　漳浦人功加左都督康熙五十七年任六十年殉難有傳

陳策　泉州人康熙六十年任卒于官

藍廷珍　漳浦人行伍康熙六十年任雍正二年陞福建水師提督有傳

林亮　漳浦人行伍雍正二年任四年調舟山鎮

陳倫炯　同安人蔭生雍正四年任六年調廣東瓊州鎮

王郡　陝西人行伍雍正六年任十年陞福建水師提督有傳

呂瑞麟 福建人行伍雍正九年任十一年調金門鎮

薛明良 海澄人行伍雍正十一年任初由卯十三年陞福建陸路提督

馬驥 陝西寧夏人行伍乾隆元年任二年調汀州鎮

章隆 福州人行伍乾隆三年任五年調廣東左翼鎮

何勉 福州人行伍乾隆五年任

張天駿 杭州人行伍乾隆八年五月任十一年陞福建水師提督有傳

施必功 泉州人行伍乾隆十一年署

陳汝鍵 龍溪人藍翎侍衛世襲騎都尉乾隆十一年七月任

蕭瑔 四川人辛丑武進士乾隆十二年十二月任卒于官

朱光正 瑞安人行伍乾隆十三年七月署

馬龍圖 揭陽人興化協副將乾隆十三年閏七月署

薛瑺 高密人世襲乾隆十三年十月任卒于官

沈廷耀 詔安人臺協副將乾隆十四年六月署

李有用 四川人行伍乾隆十四年十一月任十五年赴浙迎駕十六年四月回任尋陞水師提督

林君陞 同安人行伍乾隆十五年十月任十六年四月陞水師提督

馬負書 漢軍鑲黃旗人丙辰武科一甲一名乾隆十六年十一月任

陳林每 本縣人莆田籍功加乾隆十七年二月任

馬大用 人乾隆十八年七月任二十一年七月陞水師提督

馬龍圖 廣東潮陽人行伍乾隆二十一年七月任

林洛 晉江人行伍乾隆二十二年九月署二十四年八月再任

甘國寶 古田人侍衛乾隆二十五年正月任二十六年三月陞水師提督

游金輅 人行伍乾隆二十六年四月任

楊瑞 廣東潮州人行伍乾隆二十九年 月任

北路營副將 雍正十一年新設

馬驥 寧夏人行伍

靳光瀚 山西潞安人行伍

雷澤遠 湖南常德人武舉乾隆五年任到任一月陞本省福寧鎮總兵

江化龍 廣東番禺人行伍乾隆五年四月任

梁嵉楹 陝西西安人行伍乾隆八年八月任

馬龍圖 廣東湖陽人行伍乾隆十三年任

郭宏基 人乾隆十七年任

楊　普 正白旗人監生乾隆二十年四月任

張世英 貴州南籠人行伍乾隆廿四年十一月任

臺灣城守營參將

張永龍 陝西榆林衛人行伍雍正十二年任

岳廷瑞 廣東人行伍乾隆二年十二月任三年三月卸事

王繼禹 直隸清苑人行伍乾隆三年十二月任五年六月卸事

孫士彪 陝西張掖人武進士侍衛乾隆六年正月任

吳成玉 陝西寧夏府人行伍乾隆九年四月任十年四月陞廣東督標左營參將

劉漢傑 直隸遵化人行伍乾隆十年署十一年陞陸路提標中營參將

馬龍圖 廣東潮陽人行伍乾隆十一年閏三月任七月陞興化協副將

朱光正 瑞安人行伍乾隆十二年任

羅　振 廣西臨桂人行伍乾隆十五年七月任

劉漢傑 遵化人行伍乾隆十七年十一月任

阿思泰 鑲藍旗人乾隆二十年十月任

哈　福 滿洲人乾隆二十三年九月任

宋　澤 鑲黃旗人乾隆二十六年正月任

黃元秀 人乾隆二十七年閏五月署

臺灣水師協鎮

林　葵 漳浦人康熙二十三年任

李日煋 安溪人武生康熙廿五年陞湖廣永州鎮

唐希順 涼州人行伍康熙三十一年任三十二年陞貴州總鎮

衛聖疇 洪洞人京衛籍庚子武舉康熙三十二年任

張憲載 臨洮人行伍康熙三十六年任

董大功 奉天人行伍康熙四十年任

張應金 太原人

張得功 瑞昌人

許　雲　海澄人康熙五十七年任六十年殉難有傳
倪　興　海澄人　林　亮　漳州人
魏大猷　同安人原籍臺灣　康　陵　福建人
祁進忠　晉江人行伍雍正六年任十年卒于官
陳倫炯　同安人侍衛雍正十年七月任十二年十二月陞江南蘇松鎮
高得志　江南崇明人行伍乾隆四年二月任調本省閩安副將
王　清　廣東海陽人武進士乾隆四年二月任六年正月卒于官
林榮茂　海澄人世襲雲騎尉乾隆六年任　施必功　泉州人行伍乾隆九年四月任
沈廷耀　詔安人行伍乾隆十三年閏七月任　張　勇　惠安人行伍乾隆十七年二月任
黃　艮　龍溪人行伍乾隆年任　裴　鏡　人乾隆二十年任
陳啓燦　湖南芷江人行伍乾隆二十七年四月任

澎湖水師協鎮

詹六奇　海澄人行伍康熙二十三年任陞江西贛南鎮
張　旺　山西人行伍康熙二十五年任陞江西贛南鎮
王國興　寧夏人行伍康熙三十年任三十三年陞臺灣鎮
陳國任　長安人行伍康熙三十七年任　王三元　甘州人行伍康熙三十九年任
尚　宣　騰驤衛人兵部劄力康熙四十三年任四十五年改調三屯營副將
趙呈烜　安定人康熙四十五年任　葉國鼎　閩縣人功加左都督康熙四十六年任
張　進　漳州人行伍康熙五十年任改調福州將軍標副將
朱　杰　順天人武舉康熙五十三年任調興化城守副將
許　雲　海澄人康熙五十六年任五十七年調臺灣水師副將
藍廷珍　漳浦人康熙五十七年任本年陞南澳鎮

羅光乾　天城衛人康熙五十八年任

戴憲宗　太平衛人

陳倫烱　同安人

董　方　同安人

呂瑞麟　興化人

陳　勇　海澄人

章　隆　延平人

顏元亮　廣東番禺人行伍雍正十二年任

李維揚　廣東高州人武榜眼乾隆三年四月任四年八月休致

高得志　江南崇明人行伍乾隆五年四月任

楊　瑞　廣東潮州人行伍乾隆九年五月任

鄭李嘉　廣東揭陽人行伍乾隆十三年正月署

邱有章　晉江人行伍乾隆十三年十一月任

林　洛　晉江人行伍乾隆十七年十一月任

吳英漢　廣東東莞人行伍乾隆十八年九月署十九年閏四月卸事九月再署

林　貴　晉江人行伍乾隆十九年閏四月署九月卸事二十年六月任

莫鄭緯　廣東新會人武進士乾隆二十年正月署

吳志忠　同安人行伍乾隆二十年三月署

楊　添　同安人行伍乾隆二十一年八月署

葉相德　浙江歸安人武進士乾隆二十二年七月任

魏文偉　字允豐同安人蔭生乾隆二十五年六月署九月卸事二十七年閏五月再署

談　秀　廣東新會人行伍乾隆二十五年九月任

林呂韜　詔安人行伍乾隆二十六年三月署

魏宗聖　浙江永嘉人行伍乾隆二十六年五月任

龔　宣　字自耘江南通州人壬戌武進士乾隆二十七年十一月任

南路營參將

田朝弼　陝西米脂人行伍康熙二十三年任

楊懋紱　江南寶應籍奉天義州人將材康熙五十五年任

熊成秀　山東歷城人行伍康熙二十九年任三十年革職

吳三錫　浙江紹興人將材康熙三十二年任

趙文璧　浙江人癸丑武探花康熙三十五年任

林雲漢 直隸通州人戊辰武榜眼康熙四十年任陞副將

何肇彩 同安人行伍康熙四十四年任

魏 平

馬建邦 陝西寧夏人行伍康熙五十四年任五十八年陞北直獨石路參將

苗景龍 陝西人康熙五十八年任六十年朱逆倡亂被害

陳倫炯 同安人侍衛康熙六十年任

李 郡 陝西人復姓王行伍雍正二年任

林子龍 福建人行伍雍正四年八月任五年十月卸事

祁進忠 晉江人行伍雍正六年八月任本年陞臺協副將

黃有才 福建人行伍雍正七年正月任八年十月陞浙江瑞安副將

侯元勳 大同人武進士雍正九年六月任

李 科 湖廣人行伍雍正十一年九月任十三年十一月卒于官

蕭澤遠 湖廣人行伍武舉乾隆元年八月任陞北路副將

董文宗 浙江人行伍乾隆五年二月任

郝 琮 山東濟南人行伍乾隆七年任十年陞廣東督標右營參將

陳廷桂 直隸天津人武舉乾隆十年四月任

李現詳 陝西寧朔人蔭生乾隆十二年九月任

李文成 陝西蘭州人行伍乾隆十五年十一月任

高志唐 山東昌邑人癸卯武進士乾隆十八年六月任

八哈那 滿洲正白旗人世襲佐領乾隆二十年四月任

李雲標 直隸灤州人乙丑武進士乾隆二十三年七月任

索 渾 滿洲鑲白旗人世襲佐領乾隆二十六年四月任

北路營參將 駐諸羅雍正十一年改設副將駐劄彰化以左營守備駐諸羅右營守備駐竹塹

王國憲 湖廣衡山人行伍康熙二十三年任二十五年陞山東文登副將

袁廷芝 順天大興人壬子武舉康熙二十五年任二十九年陞兩廣水師營參將

呂得勝 江南江寧人行伍康熙三十年任

陳 貴 廣東博羅人功加康熙三十四年任三十

七年陞雲南騰越副將

白道隆 山東濟寧人功加康熙三十八年任四十二年陞四川永寧副將

焦　雲 陝西人行伍康熙四十三年任卒于官

張　國 泉州人功加康熙四十四年任四十八年陞福州城守副將

翁國禎 詔安人功加康熙四十九年任

阮蔡文 漳浦人庚午科文舉人康熙五十四年任

張　彪 江南徐州人行伍康熙五十六年任

羅萬倉 陝西寧夏人康熙五十八年任六十年殉難有傳

朱　文 南安人行伍康熙六十年七月任

何　勉 福州人雍正二年任

靳光瀚 山西潞安人雍正七年任十一年裁

臺灣鎮標中營遊擊

王嘉祿 山東曲阜人行伍康熙二十三年任

劉化儒 陝西固原人行伍康熙二十八年任陞興國營參將

王五琊 長樂人行伍康熙三十二年任卒于官

李培芳 直隸河間人行伍康熙三十四年任陞汾州營參將

儲　壎 浙江錢塘人已未武探花康熙三十九年任

徐進才 直隸人行伍康熙四十三年任

張　彪 江南徐州人行伍康熙四十七年任陞督標左營參將

張國裕 陝西慶陽人行伍康熙五十二年任陞邵武營參將

羅萬倉 陝西寧夏人行伍康熙五十七年任五十八年陞北路營參將

劉得紫 直隸人侍衛康熙五十九年任六十年卸事

許　獝 諸羅人癸巳武進士侍衛康熙六十年任

呂瑞麟 興化人行伍雍正元年任三年陞浙江太平營參將

湯　忠 福州人行伍雍正三年任五年卒于官

靳光瀚 山西潞安人行伍雍正六年任八年陞北路營參將

馬銘勳 陝西鞏昌人行伍雍正八年任九年卸事

黃　貴 陝西張掖人行伍雍正九年任十一年調羅源遊擊

李　貴直隸任邱人行伍雍正十一年任乾隆二年調廣東將軍標右營遊擊

范　榮山西大同人行伍乾隆二年任五年調貴州撫標右營遊擊

許方度海澄人臺協鎮許雲之子功加乾隆五年任六年卒于官

羅世正陝西寧夏人行伍乾隆七年任

茅　魁江南安慶人行伍乾隆十年二月任

林得拱同安人世襲乾隆十二年十一月署

殷王賓陝西咸陽人世襲乾隆十三年九月任十六年調貴州副將

羅　振人城守營參將乾隆十六年署

王　琟人乾隆十年任

溫有哲人乾隆二十一年任二十三年署北路營副將

陳大紱人乾隆二十三年四月任

黃元秀人乾隆二十六年二月任

臺灣鎮標左營遊擊

韓又琦陝西寧夏人己酉武舉康熙二十三年任陞撫標遊擊

陳致遠臺灣人康熙二十七年任有傳

宋嘷世京衛人武進士康熙三十年任以疾休致

王榮遴直隸真定人行伍康熙三十三年任二十五年卒于官

安定柏陝西寧夏人行伍康熙三十七年任卒于官

曹公捷江西寧都人行伍康熙三十七年任陞共房營參將

丁　鉉京衛人武進士康熙四十三年任陞四川永寧協右營遊擊

錢世龍陝西寧夏人康熙四十七年任陞陝西白土路遊擊

李斯援山東長山人武進士康熙五十二年任陞襄陽城守營遊擊

羅萬倉陝西寧夏人行伍康熙五十六年任五十七年陞本標中營遊擊

孫文元雲南人康熙六十年臺變入海死有傳

李　祖漳州人

李之棟陝西寧夏人行伍雍正七年陞延平副將

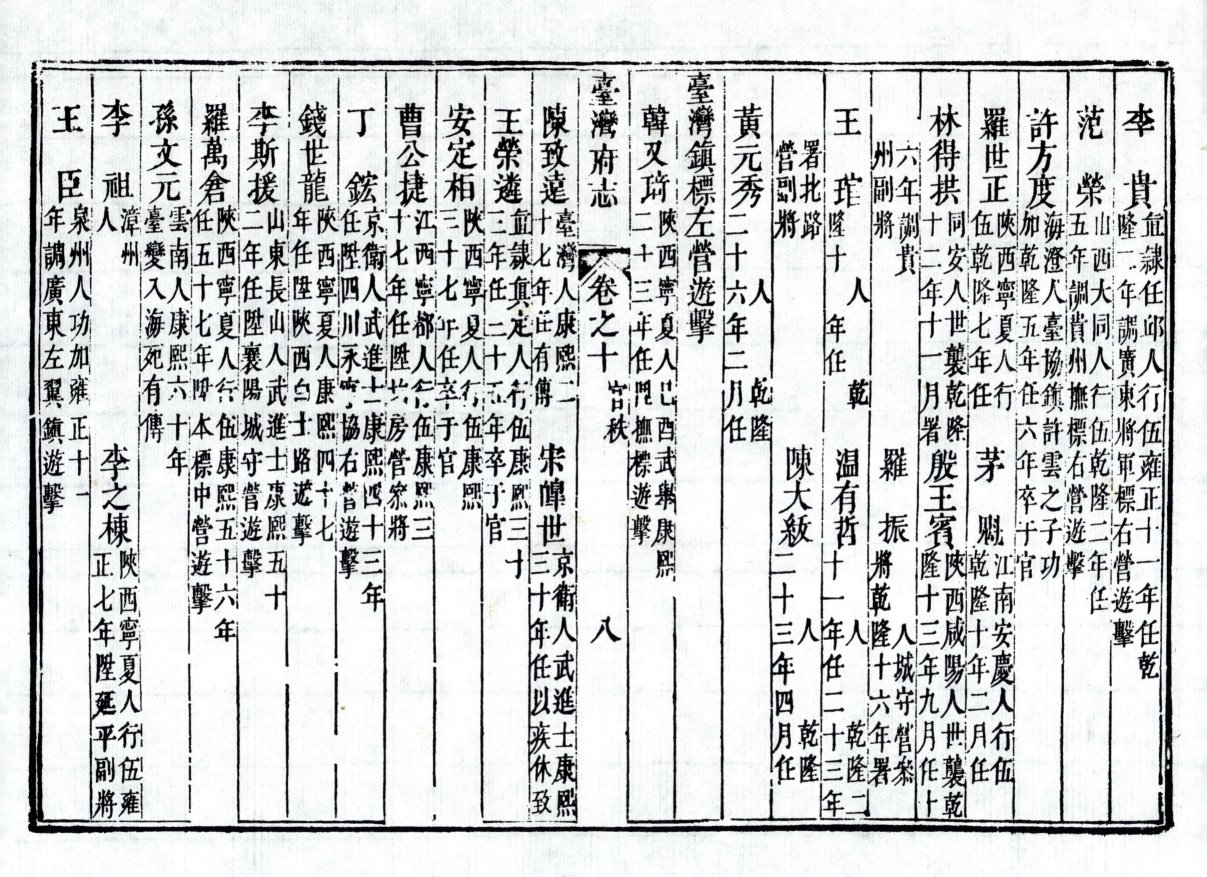

王　臣泉州人功加雍正十一年調廣東左翼鎮遊擊

岳廷瑞 廣東番禺人侍衛乾隆二年陞臺灣城守營參將

董文宗 浙江台州人行伍乾隆三年陞泉州城守營參將

石良臣 湖廣武昌人行伍乾隆四年任

林夢熊 廣東海陽人武進士乾隆七年任

金相 浙江寧波人侍衛乾隆十年三月任十一年卒于官

湯瑞龍 莆田人世襲乾隆十二年六月署卒于官

張盛 江南武進人行伍乾隆十二年十一月任

張見龍 廣西臨桂人行伍乾隆十四年九月任

龍達勇 人乾隆　年任

薩克愼 人乾隆二十年任

臺灣鎮標右營遊擊

馬昇 陝西臨洮人行伍康熙二十二年任十六年軍政裁革

羋調元 山西平陽衛人行伍康熙二十五年任二

林孺 漳州人行伍康熙二十八年任陞兩廣總督前營參將

李達 陝西甘州人行伍康熙三十六年任陞山西新平路參將

崔應麟 奉天鑲紅旗人康熙四十四年任陞江西吉安營參將

丁廷植 山西安邑人武舉康熙四十八年任卒于官

倪興 海澄人行伍康熙五十年任

周應龍 福州人

洪繼龍 晉江人

范志遠 浙江人

王輝 乾州人

王世祿 湖廣興山人行伍雍正十一年任

孫濂 奉天正黃旗人武進士乾隆二年任四年七月調汀州鎮中營遊擊

李成邦 江南亳州人行伍乾隆五年十一月任

蔡元 漳州人行伍乾隆八年閏四月任卒于官

黃世桓 漳州人世襲乾隆十年五月任十一年陞湖廣撫標參將

薛成文 浙江人行伍乾隆十二年任

羅焦雄 廣東揭陽人武進士乾隆十四年任

黃承緒 山東歷城人武進士乾隆十六年四月任

滿丕滿洲人乾隆十七年任　時泰人乾隆二十年任
實泰滿洲人乾隆二十一年任　章奏功浙江慈谿人武舉乾隆二十三年署
福保滿洲人乾隆二十四年任　何瓊詔人乾隆二十六年任

臺灣水師協標中營遊擊

許毅漳州人行伍康熙二十三年任　王進祿陝西榆林衛人行伍康熙二十七年任
凌養棟陝西涼州衛人行伍康熙三十三年任
嚴進朝湖廣荊州人　焦雲陝西榆林衛人
葛嶽直隸正定人　宋成功直隸人
張彥賢晉江人　儲亮漳浦人
薄有成湖廣武陵人　蔡徵溫漳浦人
胡增茂閩縣人　林榮茂南靖人世襲雍正十年任十三年調海壇

右營陸烽火門參將　蘇太英晉江人行伍雍正十三年任
王作興晉江人功加乾隆四年八月任十月卒于官
施必功晉江人乾隆五年任六年陞提標中營參將
林洛晉江人行伍乾隆七年任十一年調水師提標前營遊擊
林竿同安人行伍乾隆十一年任　林貴晉江人行伍乾隆十四年七月任十七年
陞水師提標參將　陳勳同安人世襲乾隆十七年五月任
藍國機人乾隆年任　林聖人乾隆二十年任
林國彩人乾隆二十年任

臺灣水師協標左營遊擊

吳輝福清人行伍康熙二十三年任二十七年陞山東福寧營參將
張行湖廣永州人行伍康熙二十七年任三十一年陞山西得勝路參將

喬瀚 陝西榆林衛籍延安府武生康熙三十二年任
曹建龍 直隸遵化人　卓爾壇 江南江都人
于化龍 山東掖縣人　張伏 陝西平原人
陳祖訓 海澄人　游崇功 漳浦人康熙六十年臺變戰死有傳
陳汝鍵 龍溪人　王雄 晉江人
祁進忠 晉江人　王振 江南通州人行伍雍正五年任
鄭艮達 閩縣人行伍雍正八年任　林元 同安人行伍雍正十二年任
陳林每 莆田人行伍雍正十三年任　蔡功 海澄人行伍乾隆四年任
王養 海澄人行伍乾隆六年任　姚德 漳州人行伍乾隆十年正月任
林金勇 廣東揭陽人行伍乾隆十三年十月任
蔡智 臺灣縣志作蔡習同安人行伍乾隆十七年二月任

許光祿　林中岳 漳浦人行伍乾隆　年任
黃居正 閩縣人行伍乾隆　年任

臺灣水師協標右營遊擊

徐德濟 京衛人戊戌武進士康熙二十三年任二十七年陞山東青州參將
林芳 海澄人行伍康熙二十八年任三十三年陞山西汾州營參將
金殿龍 河南歸德府籍浙江東陽人將材康熙三十三年任
常太 陝西榆林人　余震 順天大興人
黃富 福建人　王鼎 同安人
魏大猷 同安人　游全興 莆田人
蔡添畧 同安人　蔡國駿 海澄人
解李榮 江南丹徒人　高地 晉江人

文際高　廣東瓊山人行伍乾隆元年任　梁國助　同安人行伍乾隆四年任

歐陽敏　漳州人由難廕功加乾隆八年七月任十一年緣事解任

薛存中　莆田人行伍乾隆十一年六月任　黃艮　龍溪人行伍乾隆十二年四月任

馬國棟　人乾隆十七年三月任　歐陽捷

聶吳昭　莆田人行伍乾隆二十年任　傅天祐　同安人行伍乾隆二十年任

李耀先

澎湖水師協標左營遊擊

陳簡　福清人行伍康熙二十三年任　李大訓　河南人四川籍康熙二十四年任

康運昌　陝西廣陽人行伍康熙三十年任　楊明錦　直隸天津人功加康熙三十六年任陞水師提標中營參將　高天位　陝西西寧衛人武進士康熙三十九年任

王貴　浙江西安人功加康熙四十二年卒于官

洪德　福建人功加康熙四十五年任陞江西吉安營參將

鞏廷瑞　陝西盩厔人武進士康熙四十九年任

陳國璸　晉江人行伍康熙五十四年任五十八年告病休致

陳國星　同安人康熙五十八年任　謝希賢　龍溪人

蔡高　龍溪人　任文龍　浙江人

黃曉　漳浦人　柳圓　山西登州人

楊瑞　廣東人行伍乾隆四年任　高省　安溪人行伍乾隆六年任

鄭李嘉　廣東揭陽人行伍乾隆十年任　陳洪建　廣東新會人行伍乾隆十四年四月任

莫鄭偉　廣東新會人武進士乾隆十六年五月任

陳吳燦　閩縣人行伍乾隆二十年四月任　洪福　晉江人行伍乾隆二十年九月署

楊添　同安人行伍乾隆二十年十二月任　陳國泰　同安人行伍乾隆二十三年九月署

魏文偉字允豐同安人蔭生乾隆二十五年二月任十二月卸事二十六年十一月回任二十七年六月復卸事十一月復回任　黃居正閩縣人行伍乾隆二十五年十二月署

顏鳴皐廣東嘉應州人武進士乾隆二十六年三月署

林海蟾平和人行伍乾隆二十七年六月署

澎湖水師協標右營遊擊

胡愷順天宛平人行伍康熙二十三年任　方冰福清人行伍康熙二十六年任

張錦陝西榆林衛人行伍康熙二十九年任三十三年以病去

薛奎奉天人行伍康熙三十四年任　翁國禎詔安人行伍康熙四十八年任陞北路營參將

林秀漳州人行伍康熙五十年任調水師提標前營

王之印陝西寧夏衛人康熙五十四年任五十五年卒于官

葉紀浙江人康熙五十年任五十八年以病去

張駴江南江都人行伍康熙五十八年任

洪平泉州人　楊恩同安人

李燕漳浦人　高得志江南人

邱有章晉江人　張吉福建人行伍

林如錦廣東人行伍乾隆五年任　吳昭廣東高州人行伍乾隆八年三月任

鄭李信閩縣人行伍乾隆十一年任　官玉浙江黃岩人行伍乾隆十四年五月任

謝王福晉江人行伍乾隆十七年六月任　吳志忠同安人行伍乾隆二十八年八月任

陳茂勳福清人世襲乾隆二十三年五月署　陳應鍾長汀人行伍乾隆二十四年七月任

林呂韜詔安人行伍乾隆二十五年八月任　許廷佐同安人行伍乾隆二十六年十一月任

南路營都司雍正十年新設駐劄山猪毛口

林君卿福建人行伍雍正十二年任　歐平興化人行伍雍正十二年任

李韜 山西大同人甲辰武進士乾隆二年任

翁邦祥 廣東潮陽人庚戌武進士乾隆五年任

張盛 江南常州人行伍乾隆八年任九年五月陞興化右營遊擊

陳邦偉 漳州人行伍乾隆十年四月任

陳獻龍 江南無錫人行伍乾隆十一年十二月任

趙璧 浙江永嘉人行伍乾隆十三年十一月任

穆騰額 滿洲正白旗人佐領癸丑武進士乾隆十四年十一月任

張華 漳浦人行伍乾隆十七年二月任

劉啟鳳 湖南武陵人行伍乾隆十九年四月任

章奏功 浙江蘭谿人武舉乾隆二十二年四月任

葉元聰 廣東興寧人行伍乾隆二十五年三月任

鄧文鼎 湖北竹山人行伍乾隆二十七年二月任

畢萬選 陝西咸寧人丁巳武進士乾隆二十八年任

北路中營都司 原分防猫霧捒汛後改隨標駐彰化縣

朱虎 浙江寧波人行伍雍正十三年任

李高耀 晉江人行伍乾隆三年任

黃成緒 山東歷城人武進士乾隆六年任

盧仁勇 廣東廣州人武進士乾隆九年六月任

劉宗源 浙江永嘉人行伍乾隆十年任

王琚 人乾隆十三年任

聶成德 山東蓬萊人行伍乾隆十六年任

盧日盛 人乾隆十八年任

盧光裕 直隸昌平州人行伍乾隆二十年三月任

那爾吉 滿洲正紅旗人乾隆二十三年九月任

任麟 直隸元城人行伍乾隆二十六年六月任

李定元 廣東香山人武進士乾隆二十七年閏五月任

北路淡水營都司 康熙五十七年新設

黃曾榮 臺灣人康熙五十八年卒于官

陳策 晉江人行伍康熙五十九年任六十一年

陞臺灣鎮卒于官

謝　周漳州人行伍康熙六十年任卒于官

陳宏烈詔安人行伍雍正元年任卒于官　戴日陞漳州人雍正三年任緣事去

楊　豹泉州人行伍雍正六年任　蘇鼎元同安人行伍雍正十年任

王三元江南華亭人行伍雍正十二年任　胡　楷沙縣人行伍乾隆三年任

王定國湖廣辰州人行伍乾隆七年十月任卒于官

莊瑞發泉州人行伍乾隆九年八月任　王國正鑲白旗人乾隆十一年六月署

陳林萬人乾隆十二年四月任　馬　炳人乾隆十五年正月任

曾廷科人乾隆十七年二月署　杜　鵬人乾隆十八年正月任

王　軒閩縣人乾隆十九年六月署　吳　興人乾隆二十年八月署

王廷元人乾隆二十一年二月任　張連璧人乾隆二十一年九月署

許大略廣東饒平人乾隆二十二年八月署

吳　順正白旗人漢軍乾隆廿三年三月任　張天壽雲南昆明人乾隆廿五年十二月任

黃必成晉江人乾隆二十七年五月署　張拱辰廣東東莞人乾隆二十七年七月任

王　祥壽寧人乾隆二十九年七月署　許雄才廣東饒平人乾隆二十九年九月署

臺灣鎮標中營守備

黃　富龍溪人行伍康熙二十三年任　符文煌奉天蓋州衛人丙午武舉康熙二十五年

任二十九年陞山東督標遊擊　呂黃鍾直隸寧津人行伍康熙二十九年任三十

三年陞同安遊擊　陳鵬立江南江寧人庚戌武進士康熙三十三年

任卒于官　王　祿直隸保定人行伍康熙三十五年任陞陝

西提標左營遊擊　廖騰煌奉天人廕生康熙四十年任陞衢州都司

李永春浙江平陽人行伍康熙四十八年任卒于官

陳　才福清人康熙四十八年任卒于官　梁　鳳長泰人行伍康熙五十年任

林鳳　平和人行伍康熙五十五年任

范志遠　福寧人行伍雍正五年任

陳君贊　福寧人行伍雍正七年任

王璋　直隸大興人行伍雍正八年任

李武　長樂人行伍雍正十三年任

黃正綱　羅源人蔭生乾隆三年任

張舜　晉江人行伍乾隆四年任

馬英　浙江錢塘人行伍乾隆七年任

馬鈉　河南開封人武進士乾隆十年四月任

李得盛　山東蓬萊人行伍乾隆十二年十月任卒于官

蕭成德　山東蓬萊人行伍城守營守備乾隆十四年正月署

安正　貴州貴陽人行伍乾隆十四年十一月任

張龍　人乾隆十九年任本年十月署北路營都司

汪富　乾隆二十年十二月署

龐連璧　人乾隆二十一年九月任二十二年八月卒于官

李應揚　人乾隆二十二年十二月任二十三年九月卒于官

吳贊　人乾隆二十四年三月任

阮有功　人乾隆二十七年七月任

臺灣鎮標左營守備

韓進忠　漳浦人行伍康熙二十三年任

孟大志　江南上元人行伍康熙二十五年任二十九年陞太原鎮右營遊擊

葉廷桂　山西人癸卯武舉康熙三十年任三十一年卒于官

馬懷仁　河南懷慶人行伍康熙三十二年任三十三年休致

沈長祿　江南吳江人行伍康熙三十三年任陞湖廣提標後營遊擊

楊文旂　山西前衛人行伍康熙三十七年任陞貴州凱里營都司僉事

李青　陝西人武舉康熙四十一年任陞湖廣沅州中軍都司僉事

龐可奉　浙江寧波人行伍康熙四十六年任以陞衛留任五十三年另補

薛陳朝　永春人武舉康熙五十三年任陞湖州協

中軍都司

胡忠義 陝西長安人康熙二十七年任

胡增 晉江人行伍雍正四年任

蔡彬 同安人行伍雍正六年任

陳之鋐 順天人雍正九年任

蔡朋國 湖北江夏人行伍乾隆二年任

陳銑 興化人乾隆五年任

許王榜 長汀人行伍乾隆六年任

馬成龍 泉州人行伍乾隆十年二月任十一年五月卒于官

胡鯤南 浙江淳安人行伍乾隆十二年六月任八月署北路左營守備尋調本標右營

祝良謨 江西廬陵人行伍乾隆十二年十二月任

劉友成 山西大同人行伍乾隆十四年十一月任

宋承勳

吳興

張㷫

李烱

臺灣鎮標右營守備康熙二十二年撥歸道標六十年道標裁改歸

薛元會 陝西西安人武舉康熙二十三年任

李作舟 河南祥符人武舉康熙二十七年任

崔文僖 山東堂邑人武進士康熙三十二年任

馬光宗 山東歷城人行伍康熙三十六年任卒于官

張元禮 江南武進人康熙三十八年任

婁廣 京衛人武進士康熙四十四年任

李友德 陝西人行伍康熙四十七年任秋滿陞四川重慶左營遊擊

許華 同安人行伍康熙五十一年任

金作礪 陝西西安人行伍康熙五十二年任秋滿陞雲霄營遊擊

王國祥 陝西人行伍康熙五十八年任

趙國柱 漳浦人行伍康熙六十年十月蒞道標任旋改歸鎮標右營

林天爵 江南上元人行伍雍正五年八月任

彭捷 南安人行伍雍正九年六月任

黃龍 詔安人行伍雍正十二年十一月任

何廷燦 詔安人行伍乾隆三年十二月任

潘士 漳浦人行伍乾隆七年任

黃聖麟 興化人行伍乾隆八年十一月任

柯國棟 廣東海陽人武進士乾隆十一年四月任

祝良謨 江西人左營守備乾隆十三年署　胡鯤南 浙江人左營守備乾隆十四年調

白世儻 山東高唐州人武進士乾隆十六年任

黃金章 人乾隆十九年任　蔣盛邦 人乾隆二十一年署

趙一琴 浙江永嘉人武舉乾隆二十二年任　林海蟾 人乾隆二十五年任

臺灣水師協標中營守備

蔡斌 泉州人行伍康熙二十三年任　姜明旺 直隸天津人將材康熙三十年任

皇甫鑑 陝西寧夏人行伍康熙三十四年任　彭之彥 直隸任邱人武舉康熙三十八年任

張天心 山西長治人武舉康熙四十二年任　朱國 漳州人行伍康熙四十七年任

鄭順 漳州人行伍康熙五十一年任　李殿臣 莆田人武舉康熙五十四年任

凌進 康熙五十九年任　陳玉 同安人行伍康熙六十年任

吳昆 平和人行伍康熙六十一年任　陳玉 同安人行伍雍正四年任

洪就 同安人行伍雍正六年任　田晉 閩縣人行伍雍正十年任

紀朝陞 晉江人行伍雍正十三年任乾隆元年卒于官

陳廉 同安人行伍乾隆二年任　葉報 同安人行伍乾隆五年任

林金勇 廣東潮州人行伍乾隆七年十二月任

陳洪建 同安人行伍乾隆十一年閏三月任　謝王福 惠安人行伍乾隆十三年閏七月任十五年陞提標後營遊擊

白漢玉 靖海人行伍乾隆十五年任卒于官

楊天 同安人行伍乾隆十七年四月任　林士雄

陳國泰　藍武陞 龍溪人功加乾隆　年　月任

臺灣水師協標左營守備

林雲 人乾隆二十　年任

宋邦傑順天大興人行伍康熙二十三年任　董纘緒直隸青縣人行伍康熙二十五年任二十九年陞陝西寧夏武營遊擊

王善宗山東諸城人己未武進士康熙廿九年任

馬虎陝西寧夏人行伍康熙三十四年任　劉克聖直隸邯鄲人武舉康熙三十八年任

潘濬浙江昌化人武進士康熙四十二年任

張駥江南江都人行伍康熙四十七年任　文元湖廣麻陽人行伍康熙五十一年任

劉國俊廣東揭陽人武舉康熙五十五年任　萬奏平晉江人行伍康熙五十九年任

董芳同安人行伍康熙六十年任　譚兆廣東南海人行伍雍正四年任

韓大雄長樂人行伍雍正八年任十一年休致

李信閩縣人行伍雍正十三年任　鄭連晉江人侍衛乾隆五年任

李名魁河南南陽人行伍乾隆八年四月任　許清鑑晉江人世襲乾隆十一年閏三月任

陳壎同安人世襲乾隆十三年任尋陞本協中營遊擊

蔡仁同安人行伍乾隆十五年九月任　董文華

許廷佐　張廷顯

李長明

臺灣水師協標右營守備

方冰福清人行伍康熙二十三年任二十七年陞澎湖右營遊擊

高天鳳浙江仁和人行伍康熙二十七年任三十一年陞廣東萬州營遊擊

李頑山西汾陽人壬戌武進士康熙三十一年任

丁鈦順天人武進士康熙三十五年任　陳舉安京衛人武進士康熙三十九年任

強藩江南無錫人武進士康熙四十三年任

班俱超直隸固安人武舉康熙四十七年任　劉延江南丹徒人行伍康熙五十二年任

范繼瑞直隸灤州人武進士康熙五十五年任

楊進 晉江人行伍康熙五十九年任　柯蔭 仙遊人行伍康熙六十年任
陳勝 惠安人行伍雍正元年任　阮宏 福建人行伍雍正元年任
陳玉 同安人行伍雍正二年任　朱仁 泉州人行伍雍正四年任
何期有 漳浦人行伍雍正八年任十年降調　吳昭 廣東吳川人行伍雍正十年任
沈廷耀 詔安人行伍乾隆二年任　陳士祥 閩縣人行伍乾隆五年任
莊施澤 泉州人行伍乾隆八年八月任　馬國棟 人乾隆十一年九月任
王簡 同安人功加乾隆十四年七月署　蔡連陞 漳浦人行伍乾隆十六年三月任
朱廷謨　林國彩
許元吉　藍家祥

澎湖水師協標左營守備

王祖 興化人行伍康熙二十三年任　趙廣 河南商邱人己未武進士康熙廿七年任

褚國柱 直隸宣化人行伍康熙三十年任　葉得祿 江南霍邱人將材康熙三十四年任
張成準 陝西渭南人武舉康熙三十九年任　張得勝 山東濟寧人行伍康熙四十三年任
譚士璵 湖廣江陵人武進士康熙四十七年任
洪文 晉江人行伍康熙五十二年任　陳本昭 長樂人行伍康熙五十六年任
朱文 南安人行伍康熙五十七年任　邱延祚 浙江人原姓宋名士朝行伍康熙五十九年任
劉使 泉州人行伍雍正二年任
林如錦 廣東人行伍雍正五年任　姚德 龍溪人行伍雍正十年任
薛存忠 莆田人行伍雍正十三年任　聶國賢 莆田人行伍乾隆四年任
張勇 泉州人行伍乾隆七年六月任　曾志忠 海澄人行伍乾隆十年十一月任
許順 臺灣縣人行伍乾隆十三年三月署　陳陞卿 同安人行伍乾隆十四年四月任
許光祿 莆田人行伍乾隆十五年七月署　吳志忠 同安人行伍乾隆十六年三月任

劉　俊　同安人行伍乾隆十八年四月署　洪　福　晉江人行伍乾隆十九年五月任

李文彬　惠安人行伍乾隆二十年九月署　張　超　陝西漢中人行伍乾隆二十一年六月署

許朝耀　同安人行伍乾隆二十二年二月任　莊　隹　晉江人行伍乾隆二十三年九月署

黃居正　閩縣人行伍乾隆二十五年二月任　吳中山　漳浦人行伍乾隆二十六年二月護任

顏鳴臯　廣東嘉應州人武進士乾隆二十七年三月任

蔡士烜　晉江人行伍乾隆二十七年十二月護任

澎湖水師協標右營守備

原爾懷　連江人行伍康熙二十三年任　劉　奇　山西平陽人行伍康熙二十六年任

陳　蛟　山西陽曲人行伍康熙三十年任　沈　鶴　陝西寧夏人行伍康熙三十五年任

達養棟　陝西涼州衛人行伍康熙三十九年任

鄭　璸　河南祥符人武舉康熙四十三年任　喻　義　陝西人行伍康熙四十七年任

鮑世綸　江南人武生康熙五十一年任　陳國星　同安人行伍康熙五十五年任

林　亮　漳浦人行伍康熙五十七年任　尹日和　福州人行伍雍正二年任

張　標　福建人行伍雍正五年任　蔡　啟　漳浦人雍正六年任

施必功　晉江人行伍雍正十年任　李　嘉　廣東揭陽人行伍雍正十三年任

施鳳倈　晉江人行伍乾隆四年任　蔡　忠　漳州人行伍乾隆八年三月任

鄭　捷　龍溪人行伍乾隆十一年閏三月任　李景瑞　莆田人行伍乾隆十三年三月署

顏得慶　臺灣縣人行伍乾隆十四年三月任　陳　德　閩縣人行伍乾隆十　年七月任

蔡　從　晉江人行伍乾隆十九年七月任　蕭　英　晉江人行伍乾隆二十二年九月任

戴　福　浙江仁和人行伍乾隆二十五年八月任

許友勝　莆田人行伍乾隆廿六年三月護任　蔡士烜　晉江人行伍乾隆二十六年十二月護任

吳　科　晉江人行伍乾隆二十七年三月任

北路營守備雍正十一年改設都司裁

魏進陞陝西藍田人行伍康熙二十三年任二十七年休致

李勝陝西綏德人行伍康熙二十七年任三十一年陞江南江北漕標右營遊擊

趙振直隸大名人壬戌武進士康熙三十二年任

徐曦山東益都人武舉康熙三十八年任四十一年陞貴州都匀都司

程萬里山東人武舉康熙四十一年任　黃元驤漳浦人行伍康熙四十四年任

張勝廣東高州人行伍康熙四十八年任卒于官

游崇功漳浦人行伍康熙五十三年任五十六年陞海壇鎮標右營遊擊

周應龍河南洛陽人行伍康熙五十六年任　劉錫鑲紅旗人監生康熙五十八年任

李郡延平人行伍雍正元年任　楊鈐順天宛平人行伍雍正二年任

楊樊泉州人雍正八年任　顧秉忠江南崇明人行伍雍正十年任

朱虎浙江鄞縣人行伍雍正十年任

左營守備雍正十二年添設

王世俊浙江寧波人行伍雍正十二年任十三年卒于官

王得耀連江人行伍乾隆二年八月任　張盛江南人行伍乾隆五年任

柯輝漳浦人行伍乾隆六年任　詹世科湖廣宜昌人武舉乾隆八年五月任

張世英山東鄒平人行伍乾隆十一年正月任

胡鯤南浙江淳安人行伍乾隆十二年任　李景泌奉天海城人戊戌武進士乾隆十三年任

蘇進德海澄人行伍乾隆十五年卒于官　歐世亮晉江人行伍乾隆十六年任二十年陞貴州黃平營都司

葉元聰廣東興寧人行伍乾隆十九年任二十二年陞福協左軍都司

裘鰲浙江會稽人壬戌武進士乾隆二十三年任二十五年陞廣東潮州城守營都司

何咸逵安徽當塗人丁丑武進士乾隆廿六年任

右營守備 雍正十二年添設

袁　鉞 陝西寧夏人武進士雍正十二年任　周宏祚 四川成都人難廕乾隆二年任

陳士挺 閩縣人行伍乾隆五年任　王　逢 漳州人行伍乾隆八年四月任十二月陞湖北蘄州營都司　王國正 鑲白旗人乾隆九年八月任

姚　林 浙江錢塘人壬子武舉乾隆十一年六月署

趙永貴　唐得進

王　軒

南路營守備

許　祥 浙江諸暨人行伍康熙二十三年任　陳　斌 莆田人行伍康熙二十五年任二十九年陞河南南汝左營遊擊　張光星 山西夏縣人己未武進士康熙廿九年任

戴　坤 山東人行伍康熙三十四年任　張龍貴 山西襄垣人行伍康熙三十六年任

謝時晟 江南崑山人癸丑武進士康熙四十年任

陳　平 泉州人行伍康熙四十四年任　高必華 福州人行伍康熙四十五年任

李應源 江南華亭人甲戌武進士康熙四十九年任五十四年陞湖廣夷陵鎮標左營遊擊

秦簡瑞 廣東廣州人行伍康熙五十四年任　馬定國 陝西人康熙六十年臺變殉難

戴日陞 福建人行伍　柯連英 福建人行伍雍正六年任

張　王 山西人行伍　黃耀華 廣東人行伍

張　祿 直隸人行伍　歐　平 福建人行伍

范　衍 福建人行伍乾隆五年任　林　勛 福寧人行伍乾隆七年四月任

張　淵 泉州人行伍乾隆十年三月任　吳　俊 漳浦人行伍乾隆十一年四月任

李　吉 浙江錢塘人行伍乾隆十四年十一月任

齊得祿 直隸河間人行伍乾隆十八年四月任

董登朝山西大同人行伍乾隆二十一年四月任

潘錦昶浙江仁和人壬子武舉乾隆二十四年正月任

丁玉閩縣人行伍乾隆二十七年十月任

城守營左軍守備雍正十二年新設駐防岡山汛

王三元江南華亭人行伍雍正十二年任　陳元美閩縣人行伍雍正十三年任

黃陞龍溪人行伍乾隆三年任　安宛直隸獻縣人武進士乾隆六年任

周龍泉州人行伍乾隆十年三月任　賴星長汀人行伍乾隆十一年閏三月任

丁士武閩縣人行伍乾隆十四年三月任卒于官

錢文敏浙江錢塘人武舉乾隆十五年署　蘇天祿晉江人行伍乾隆十六年任卒于官

曹廷科浙江錢塘人行伍乾隆十八年四月任

王錫榮　人乾隆二十年十月任　李斗綱　人乾隆二十三年八月任

蔡法輝　人乾隆廿四年十一月署　孟明遠　人乾隆二十五年七月任

城守營右軍守備雍正十二年新設駐防下加冬汛

劉灝江南上元人行伍雍正十二年任　張朝元浙江金華人行伍雍正十三年任

馬龍圖廣東潮陽人行伍乾隆四年任　臧正偉浙江分水人武進士乾隆六年任

陳起鵬泉州人行伍乾隆十年三月任　聶成德山東蓬萊人行伍乾隆十二年任

馮廷揆平南人武進士乾隆十五年十月任　金聯奎　人乾隆十八年署

孫奮揚　人乾隆十九年任　朱忠義　人乾隆二十一年署

李漢超　人乾隆二十二年二月任　張廷瓛　人乾隆二十二年署

鄒維熊　人乾隆二十三年三月署　王盛　人乾隆二十三年十月任

段正信　人乾隆二十五年十一月任

續修臺灣府志卷之十終